KJB

Inés Garland arbeitet als Journalistin, Übersetzerin, Autorin von Büchern und Drehbüchern und leitet Schreibwerkstätten. Viele Jahre schlummerten ihre Texte in der Schublade, bis sie sich entschloss, sie einer größeren Öffentlichkeit zu präsentieren. Ihre Texte gewannen auf Anhieb mehrere Auszeichnungen. Für ihren Roman ›Wie ein unsichtbares Band‹ erhielt sie 2014 als erste spanischsprachige Autorin den Deutschen Jugendliteraturpeis.

Ilse Layer arbeitete nach ihrem Studium zunächst im Kulturbereich und in einem Verlag, bevor sie sich als Literaturübersetzerin für Spanisch und Englisch selbständig machte. Sie lebt in Berlin. Für ihre Übersetzung von ›Wie ein unsichtbares Band‹ wurde sie mit dem Deutschen Jugendliteraturpreis 2014 ausgezeichnet.

Weitere Informationen zum Kinder- und Jugendbuchprogramm der S. Fischer Verlage, auch zu E-Book-Ausgaben, gibt es bei www.fischerverlage.de

INÉS
GARLAND

In den Augen der Nacht

Aus dem argentinischen Spanisch
von Ilse Layer

KJB

Für Jimena

MIX
Papier aus verantwortungsvollen Quellen
FSC® C083411

Erschienen bei FISCHER KJB

Das Zitat von Seite 45 ist die Abwandlung einer Gedichtzeile aus dem Band *Zwanzig Liebesgedichte und ein Lied der Verzweiflung* von Pablo Neruda.

Umschlaggestaltung: Frauke Schneider, Wittighausen
Satz: Pinkuin Satz und Datentechnik, Berlin
Druck und Bindung: CPI books GmbH, Leck
Printed in Germany
ISBN 978-3-7373-4011-3

1

Ich verstehe noch immer nicht, wie ich glauben konnte, ich könnte durch einen mir völlig fremden Wald laufen und würde ohne Probleme den Rückweg zu unserem Zelt finden.

»Geh nicht weit weg. Vergiss nicht, dass du keinen guten Orientierungssinn hast«, sagte meine Schwester Lucía noch. Ich hatte mir unseren Kochtopf wie einen Hut auf den Kopf gesetzt und war entschlossen, ihn mit Brombeeren zu füllen.

Sie, ihre beiden Freundinnen und ich waren am Tag zuvor am Lago Negro angekommen, wo wir mehrere Tage bleiben wollten. In der Nacht hatte ein Unwetter unser Lager verwüstet, aber ich ließ das Chaos hinter mir, entschlossen, zum Trost mit einem Berg Brombeeren zurückzukommen.

Eine knappe Woche nach Beginn unserer Reise wusste ich bereits, dass die schlimmsten Anfälle von schlechter Laune immer eine Folge von Hunger waren. Petra und vor allem Maite schafften es, wegen Kleinigkeiten aufeinander loszugehen. Ich hatte den Verdacht, dass in Wahrheit Eifersucht auf Lucía dahintersteckte, aber da ich in kritischen Momenten instinktiv die Stimmung aufheitern will, sagte ich mir: Wenn man sich den Bauch mit Brombeeren mit Sahne vollgeschlagen hat, gibt es nichts mehr, was sich nicht lösen lässt.

Aber Lucía hatte recht. In Buenos Aires verirrte ich mich in Straßen, die ich genau kannte, oder ging in die falsche Richtung, überzeugt, dass es die richtige war. Am Morgen war alles grau und nass gewesen, das fahle Licht ließ die Welt gleichförmig erscheinen, und auf meinem Weg gab es keinen Bach und kein Seeufer als Orientierung für den Rückweg. Trotzdem bog ich, ohne zu zögern, in irgendwelche Pfade durch einen Wald ein, in dem für die Augen einer Städterin fast alles gleich aussah – Bäume, Büsche, Gras, Wildblumen –, in der Gewissheit, den Weg zurückzufinden.

Nach einer Weile stieß ich auf Brombeerhecken und begann, den Topf zu füllen. Nieselregen setzte ein, und nach kurzer Zeit tropfte es aus meinen nassen Haaren in den Kragen meiner Jacke, bis das langärmelige T-Shirt, das ich darunter trug, nass war. Ich achtete nicht auf den Weg. Bei den vielen wilden Brombeeren, die ich pflückte, fühlte ich mich wie eine Millionärin. Die Vorstellung, wie wir uns den Bauch vollschlagen würden, ließ mich immer weitergehen, *plop, plop, plop*, eine Brombeere und noch eine, eine in den Mund, eine in den Topf, ein schwarzvioletter saftiger süßer Berg, der die Erinnerungen an das Gewitter auslöschen sollte.

Nachdem wir schon fünf Tage unterwegs gewesen waren – mit einer katastrophalen ersten Nacht in der fischmaulförmigen Bucht von Samborombón, zwei Tagen auf der Halbinsel Valdés, drei platten Reifen auf der Schotterpiste Richtung Anden und einem strategischen Stopp im letzten Dorf vor dem Lago Negro –, hatten wir gestern Morgen die ideale Stelle zum Zelten gefunden: am Ufer des Sees, neben der Mündung eines Flusses, auf einer Wiese wenige Meter vom Wasser, im Rücken den Wald. Wir verbrachten den Nachmittag damit, alle möglichen Gestelle aufzubauen, hängten unsere Lebensmittelvorräte in den Schatten, damit sie frisch blieben, gruben ein tiefes Loch fürs Lagerfeuer und installierten einen kleinen Grill. Zwischen den Steinen am See konnten wir ohne Angst vor Waldbränden Feuer machen, konnten frisches Wasser aus dem Fluss trinken und hatten Sand und Wasser aus dem See, um das Geschirr abzuspülen – den gesamten Platz allein für uns, jede Menge Schatten im Wald, einen Sandstreifen, um uns wie Eidechsen in die Sonne zu legen, einen Fluss, durch den wir auf Steinen waten konnten. Wir kamen uns vor wie am Ursprung der Welt. Zum ersten Mal, seit wir Buenos Aires hinter uns gelassen hatten, dachte ich, dass meine Schwester vielleicht recht hatte und ich in diesen Ferien mit ihr und mit Petra und Maite Pablo vergessen würde.

Wir hatten den ganzen Tag über keine einzige Wolke gesehen und legten uns vor dem Schlafengehen ans Seeufer, um die Sterne zu betrachten. So einen Himmel hatte ich noch nie gesehen. Wir schickten tausend Wünsche an die vielen Sternschnuppen. Doch mitten in der Nacht wachte ich mit dem Gefühl auf, dass es plötzlich unheimlich still geworden war, als wären die Tiere alle auf einmal verstummt. So eine Stille war mir völlig fremd. Kurz darauf erhob sich ein Wind, der einen der Heringe fürs Vordach herausriss. Die lose Schnur begann, gegen die Plane zu schlagen. Minuten später weckte ein Donner wie eine Bombe die anderen drei. Blitz um Blitz knisterte, gefolgt von Donnerschlägen, die auf das Zelt niederzugehen schienen, und durch den Eingang, den Petra aufhielt, sahen wir ein Wirrwarr aus abgerissenen Ästen, entwurzelten Sträuchern und totem Holz vorbeiwirbeln. Wie durch ein Wunder hielt das Zelt stand, aber wir mussten Petra davon abbringen, hinauszugehen und den herumtanzenden Hering wieder zu befestigen. Wir hockten alle am Eingang und schreckten bei jedem Donnerkrachen zusammen. Bei jedem Blitz kam es uns so vor, als würde der See über die Ufer laufen und bald das Zelt erreichen und bis zum Eingang schwappen. Unsere Gaslaterne wagten wir nicht anzuzünden, aber Maite leuchtete die direkte Umgebung mit ihrer Taschenlampe ab, und da war der umgestürzte Grill, der Reistopf, den wir auf einem Baumstumpf hatten stehen lassen und der jetzt umgekippt im Sand lag, undefinierbare Teile unserer Erfindungen des Nachmittags. Sogar ein Handtuch, das Lucía zum Trocknen aufgehängt hatte, wehte in der Dunkelheit vorbei wie ein Gespenst. Es dauerte nicht lange, bis die ersten Tropfen fielen, als wären sie aus Blei. Sobald der Regen losbrach, begann Lucía laut zu beten.

Ich dachte an die panische Angst der Höhlenmenschen angesichts der Naturgewalten. Wir waren jetzt selbst Höhlenfrauen. Unsere Männer waren auf Mammutjagd gegangen, und wir waren allein geblieben, dachten uns schützende Wesen aus, um nicht vor Angst zu sterben, voller Sorge um unsere Gefährten, denn nun bestand die Gefahr nicht mehr darin, dass sie von einem Tiger mit Zähnen wie Säbeln gefressen oder von überstürzt fliehenden Mammuts zertrampelt wurden: Das hier war schlimmer, das hier war der Zorn der Götter, der sich über die Menschen entlud, und wir waren die unbedeutendsten, schutzlosesten und verletzlichsten Lebewesen der Schöpfung. Die Einzigen, die das Bewusstsein besaßen, dass der Tod kommen und allem ein Ende machen würde.

Am nächsten Morgen konnten wir das ganze Ausmaß der Katastrophe sehen: die Dose mit Instantkaffee, die Lucía offen gelassen hatte, in eine schwarze Suppe verwandelt, das Brot fürs Frühstück eine breiige Masse, unser Haustier – eine Eidechse, die Petra um den Hals an den Zelteingang gebunden hatte, damit sie die Moskitos fraß – mitten im Sturm weggeweht. Petra schwor, sie hätte die Eidechse durch die Luft davonfliegen sehen wie einen Drachen. Sogar Maite, die über die Idee, eine Eidechse als Haustier zu halten, gespottet hatte, war bestürzt über die Möglichkeit, dass sie vielleicht erstickt war.

Erst als der Topf randvoll mit Brombeeren war und überzulaufen drohte, blickte ich auf und merkte, dass alles um mich herum genau gleich aussah und ich bis auf die ersten Schritte hinter mir, meine letzten Spuren, nicht viel Ahnung hatte, wo ich mich befand. Ich erschrak nicht, sondern brach auf in der Überzeugung, dass ich denselben Weg zurückging. Ich weiß nicht, wie viel später – ich hatte keine Uhr dabei – ich mir eingestand, dass ich nicht den blassesten Schimmer hatte, wo ich war.

Anfangs hatte ich keine Angst. Der Wald war so schön, dass ich mich beschützt fühlte. Der Geruch nach frischem Grün, die Wassertropfen, die auf die Blätter fielen, das Schmatzen meiner eigenen Schritte – irgendwann würde ich etwas sehen, woran ich mich orientieren konnte, so weit hatte ich mich nicht von unserem Lager entfernt. Ich versuchte es mit ein paar halbherzigen Schreien, die wir verabredet hatten, wenn wir uns rufen wollten, aber mir antwortete nur der Wald: das Flügelschlagen eines Vogels, den ich nicht entdecken konnte, das Gefühl, von Leben umringt zu sein, das mir ganz einfach deswegen nicht antwortete, weil es nicht meine Sprache sprach. Sogar die Steine schienen Ohren zu haben. Ich folgte dem, was ich für den Pfad hielt, den ich am Anfang eingeschlagen hatte. Es war nicht das erste Mal, dass jemand durch diesen Wald ging, der Weg war deutlich zu erkennen. Irgendwann bekam ich Hunger, und zwar keinen Hunger auf Brombeeren, sondern richtigen Hunger. Und erst da begriff ich, als wäre ich vorher noch verschlafen oder hypnotisiert gewesen, dass ich mich wirklich verlaufen hatte. Ich begriff es mit dem Körper: Eine Sekunde lang war es, als bekäme ich keine Luft, und dann wurde mir heiß. Wo war ich? Wo war ich hingeraten? Die Tauben, die mich bis vor einer Weile begleitet hatten, kamen mir in ihrer Gleichgültigkeit plötzlich gemein vor. Mir schoss durch den Kopf, dass es hier Schlangen oder Wildschweine geben konnte, die mir auflauerten. Gab es in den Wäldern im Süden nicht Wildkatzen und Pumas und Tiere, die ich gar nicht kannte? Als Kinder waren wir mit unseren Eltern und ihren Freunden zu einem Camp in der Pampa gefahren, und eines Nachts hatten sie eine Falle aufgestellt, um einen Puma zu fangen, der die Lämmer fraß. Die Falle bestand aus einer tiefen Grube mit einem neugeborenen Lamm als

Köder. Dieses Lamm, das im Licht der Laterne blökte und dessen winzige rosarote Zunge vor Panik zitterte, sah ich jetzt vor mir, als wäre seit jener Nacht kein Tag vergangen. Wie war ich bloß auf die Idee verfallen, Brombeeren zu suchen? Es war schwierig, mit dem vollen Topf in den Armen zu laufen. Wie lange würde es dauern, bis den anderen klar wurde, dass ich viel zu lange wegblieb? Was würden sie tun, wenn sie merkten, dass ich nicht zurückkam? Ich rief nach meiner Schwester. Lucía! Ihren Namen zu schreien beruhigte mich, als wäre das Wissen, dass sie in der Nähe war, ein Omen, dass am Ende alles gut werden würde. Aber meine Stimme verhallte zwischen den Bäumen, und die einzige Antwort waren die Geräusche des Waldes. Ich glaubte, Tiere zu hören, die flüchteten, wenn ich mich näherte. Ich kam mir dumm vor, weil ich mich nicht unter Kontrolle hatte, aber ich bekam immer mehr Angst. Ich hatte jegliches Zeitgefühl verloren und war sicher, dass es im Wald bereits dunkler wurde. Dabei konnte nicht schon der ganze Tag um sein, auf keinen Fall, im Sommer wird es sehr spät dunkel, ich müsste vor Erschöpfung ohnmächtig zusammengebrochen sein, wenn es schon Nacht wird. Aber es ist dunkler. Es ist dunkler, und da ist ein Tier, das dir folgt, es wittert deine Schritte und schleicht hinter dir her, es hat Hunger, mehr Hunger als du. Es ist eine Wildkatze. Nein. Es ist ein Hund. Ein wilder Hund. Eine Dogge. Hier gibt es keine Doggen, du Dummerchen. Das hier ist eine Art Dogge, eine Kreuzung mit einem Wolf, ein Wolfshund, der sich so wie du im Wald verirrt hat und der so hungrig ist wie der Puma in der Pampa, der auf Schafsfleisch aus ist und um die Herden herumstreicht, ohne an die Menschen zu denken, die ihn töten können; wie die Königstiger, die um die Siedlungen herumschleichen, wenn sie Hunger auf Menschenfleisch haben und geduckt an den Waldwegen warten, bis einer der Bewohner sich von den Häusern entfernt. Er wittert deinen Schweiß, er wittert deine Angst, er weiß, dass dein Fleisch süß schmeckt, ein Festmahl für seinen leeren Bauch.

Der Wald schien über mir zusammenzuwachsen, dichter zu werden, und als ich meinen Schritt beschleunigte, stolperte ich über die Wurzeln der riesigen Bäume, die sich über meinem Kopf schlossen. Alles war gleich, alles war grün und schwarz und dunkel und roch nach Erde. Selbst wenn ich in die Ferne sah, war da nichts anderes als nasse Baumstämme, tiefhängende Äste, Blätter, Gestrüpp voller Dornen, an denen ich hängen blieb. Ich bekam keine Luft, und meine Kehle war wie zugeschnürt. Wie sollte ich hier jemals wieder herausfinden?

2

Der Geruch nach Rauch ließ mich zuerst an einen Waldbrand denken. Das Einzige, was mir in meinem Albtraum noch fehlte, war, vor Flammen davonlaufen zu müssen. In der Ferne, hinter Baumstämmen und Büschen, erschienen mir die hellen Holzwände eines Häuschens als rettender Lichtblick. Aus dem Schornstein kam weißer Rauch, der einen Moment über dem Häuschen hing wie ein Segel, bevor er sich im grauen Himmel verflüchtigte.

Die Frau, die mir die Tür öffnete, war alt und nicht größer als ein Kind. Ich weiß nicht, was sie gedacht hat, als ich klatschnass, wahrscheinlich bleich vor Schreck und an den Brombeertopf geklammert wie an einen Rettungsring, vor ihr stand, jedenfalls sah sie mich eine Weile an, die mir sehr lang vorkam.

»Du hast dich verirrt«, sagte sie dann.

Für mich war es, als spreche sie von etwas, das weit über diesen Moment hinausging. Sie bat mich hinein, zog mir einen Stuhl an den Küchenherd, brachte mir ein Handtuch und hängte meine Jacke über eine Leine, die am anderen Ende quer durch die Küche gespannt war. Sie kochte mir einen Tee mit Honig und redete mit mir, als müsste sie mich von einem Bann befreien, dem Bann der Angst. Sie hatte die runzeligsten Hände, die ich je gesehen hatte. Von ihrem winzigen Körper ging eine tröstende Wärme aus, und in ihrer brüchigen Stimme lag eine Ruhe, die noch heilsamer war als der Tee. Ich war größer und dem Anschein nach viel stärker als sie, aber ich hätte mich ohne zu zögern für den Rest meines Lebens unter ihre Fittiche gekuschelt. Als ich das dachte, lachte sie, als hätte ich es laut ausgesprochen. Was hatte diese alte Frau an sich, dass ich ihr mein ganzes Leben erzählt hätte, obwohl ich sie kaum kannte?

»Ihr seid das also, ihr habt euer Zelt dort aufgeschlagen, wo der Fluss in den See mündet«, sagte sie. »Das hat mir Wölfchen schon erzählt.«

»Wölfchen?«

»Mein Enkel.«

Aus einem anderen Raum kam etwas wie ein Klagelaut.

»Saqui«, war eine schwache Stimme zu hören.

Die alte Frau verschwand mit eiligen Schritten

durch eine Tür. Zurück kam sie mit einer Emailletasse, die sie im Spülbecken sorgfältig abwusch. Bevor ich sie noch mehr fragen konnte, klopfte es an die Fensterscheibe hinter mir: ein Mann, der mit dem Kinn auf mich zeigte, um zu fragen, wer ich sei.

Sie antwortete ihm nicht sofort. Als ich sie besser kennenlernte, merkte ich, dass sie sich immer Zeit ließ, bevor sie auf etwas reagierte. Nicht weil sie überlegte, sondern weil sie Raum ließ zwischen zwei Dingen, zwischen der anderen Person und sich selbst, als wäre eine zu schnelle Antwort eine Art Anrempeln. Als sie die Tür öffnete, blieb der Mann draußen, und sie bat ihn nicht herein.

»Haben Sie Besuch?«, fragte er.

»Wollten Sie die Post abholen? Tharo ist noch nicht aus dem Dorf zurück.«

»Und wann kommt er?«

»Normalerweise müsste er jeden Moment hier sein.«

»Soll ich auf ihn warten?«

Die alte Frau bewegte sich nicht von der Tür weg, offenbar nicht bereit, den Mann eintreten zu lassen.

»Wollen Sie mich dieser Schönheit nicht vorstellen, Saqui?«, fragte er scheinbar arglos.

»Ich meine, ich höre schon den Wagen«, gab sie zurück.

Als der Mann sich zum Nachsehen umdrehte, ging sie hinaus, schubste ihn dabei fast beiseite und machte die Tür hinter sich zu. Ich ging ans Fenster. Er warf einen letzten Blick auf mich, aber sie hatte sich bei ihm untergehakt und bugsierte ihn weg. Sie gingen zu einer Seite, bis sie verschwunden waren. Nach einer Weile kam Saqui allein zurück.

»Mein Wölfchen ist wieder da. Er kann dich zurück zu eurem Lager bringen, sobald Señor Zasiok fort ist.«

»Wohnt Señor Zasiok auch hier?«

Sie fuhr mit der Hand durch die Luft, als verscheuche sie eine unschöne Vorstellung, und sagte etwas, das für mich nach Verachtung klang.

»Im großen Haus. Da kommt mein Wölfchen.«

Die Tür ging auf. Und da stand Tharo.

3

Wie kommt es wohl, dass man sich von manchen Menschen augenblicklich angezogen und von anderen genauso schnell abgestoßen fühlt? Ich bin mir nicht sicher, ob meine Ablehnung gegenüber Zasiok vor wenigen Minuten nicht von der offensichtlichen Antipathie beeinflusst war, die Saqui ihm entgegenbrachte, aber in einem bin ich mir sicher: Sobald Tharo die Tür aufmachte, hätte ich ihn stundenlang anstarren können, so wie Kinder jemanden anstarren, mit offenem Mund, als gäbe es nichts Interessanteres, als diese Person zu betrachten, und als hätten sie dazu alle Zeit der Welt. Er blieb auch sofort stehen, ganz ernst. Am Anfang war Tharo so ernst, dass ich Angst hatte, etwas zu ihm zu sagen, man schien große Entfernungen überwinden zu müssen, um zu ihm zu gelangen. Er begrüßte mich mit einem Nicken, packte den Brombeertopf und mit einer weiteren Kopfbewegung, einer brüsken Geste zur Seite, die ich als Aufforderung, ihm zu folgen, verstand, verließ er das Haus und ging Richtung Wald. Saqui berührte mit den Fingerspitzen meine Stirn und bedeutete mir ebenfalls mit einer Kopfbewegung, ihm zu folgen.

»Danke«, sagte ich. Bei so viel Kommunikation mittels Kopfbewegungen wirkte meine Stimme fehl am Platz.

Ich lief hinter Tharo her, der bereits mit großen Schritten den Wald betrat. Er trug eine alte Arbeitshose, ein großes ausgebleichtes T-Shirt und feste Ledersandalen. Er ging stumm vor mir her und drehte sich immer mal wieder um, um zu sehen, ob ich ihm folgte. Von diesem ersten gemeinsamen Fußmarsch erinnere ich mich noch an seinen braungebrannten Nacken, sein dichtes schwarzes Haar, die längere Haarsträhne im Nacken wie ein Pinsel, seine O-Beine. Ich konnte es mir nicht verkneifen, ihn mit Pablo zu vergleichen, der beim Gehen in den Hüften steif war und den Körper nach hinten warf. Bei diesem Gedanken fühlte ich mich schlecht, als wäre es bereits Verrat an meinem Freund, ihn mit Tharo zu vergleichen. Irgendwann wurde der Weg breiter, und er blieb stehen, um auf mich zu warten und nebeneinanderzugehen, sagte jedoch nach wie vor nichts.

»Wohnst du bei deiner Großmutter?«, fragte ich.

Er sagte ja, ohne mich anzusehen.

»Ihr beide allein?«

»Mit meinem Großvater.«

Ich wollte nicht weiterfragen. In Tharos Schweigen lag etwas, das mich anzog. Mit der Zeit fand ich heraus, dass ich, bis ich ihn kennenlernte, nicht gewusst hatte, dass man auch anders miteinander umgehen konnte als zu reden und zu reden und tausend Fragen zu stellen und zu beantworten, so als würde reden tatsächlich dabei helfen, sich schneller kennenzulernen. Es gab eine Art der Aufmerksamkeit an ihm, die weder das Gespräch noch den direkten Blick suchte. Er schien beim Gehen nicht auf mich zu achten, aber als ich über eine Wurzel stolperte, packte er mich in einer blitzschnellen Bewegung am Arm, einer Bewegung, die nur jemand sehr Aufmerksames mit so wenig Vorlauf machen konnte. Als wir später einen Bach überqueren mussten, stellte er sich fest auf die Steine, klemmte den Brombeertopf unter den einen Arm und hielt mir die freie Hand hin, um mir beim Hinübergehen zu helfen. Seine Haut war warm wie die von Saqui, und er bewegte sich mit verblüffender Sicherheit über die glitschigen Steine.

Als wir an unserem Lager ankamen, war ich erschöpft, und mir tat alles weh, Füße, Beine, Rücken. Tharo sah aus, als könnte er noch tagelang weiterlaufen. Und er sah nicht nur so aus, stellte ich später fest: Tharo war körperlich wirklich außergewöhnlich belastbar. Er war schüchtern, fast unsympathisch, aber ich fühlte mich von dieser ersten Begegnung an wohl bei ihm. Sobald wir das Zelt gesichtet hatten und die Mädchen auf uns zugerannt kamen, gab er mir den Topf, nickte leicht mit dem Kopf und ging mit seinem Gang eines Waldtieres davon, bevor die Mädchen nah genug waren, um ihn zu begrüßen. Es hätte mir gefallen, wenn er mir gesagt hätte, wir würden uns wiedersehen. Erst später ging mir auf, dass weder er noch seine Großmutter mich nach meinem Namen gefragt hatten.

4

Ich heiße Dalila nach der Hauptfigur der Oper *Samson und Dalila*. Meine Mutter ist ein Fan von Opern. Ein großer Fan. *Samson und Dalila* muss das Musikstück sein, das sie in ihrem Leben am häufigsten gehört hat, und das trifft vielleicht auch auf mich zu, denn meine Mutter hat es mir von klein auf vorgespielt. Sie hörte es phasenweise, aber wenn sie ihren Rappel bekam, wurde die Platte aufgelegt, angehört, mitgeträllert, und sobald sie zu Ende war, spielte sie sie wieder von vorn. Diese Musik gefällt mir sehr, sie ist wie eine Welle, die einem mitten ins Herz rollt.

Mein Herz öffnet sich dir, / wie sich Blumen öffnen, wenn die Morgenröte sie küsst. / Doch um meine Tränen noch besser aufzutrocknen, / Liebster, sprich weiter zu mir!

Das singt Dalila, und wenn man sie so hört, könnte man denken, sie wäre total in Samson verliebt, aber Dalila ist Philisterin, und die Philister sind Samsons Erzfeinde. Sie wollen ihn fangen, doch er entkommt ihnen. Samson reißt die Flügel des Stadttores aus den Angeln und trägt sie in die Berge, er erschlägt tausend Mann mit dem Unterkiefer eines Esels – einem flachen Knochen, der sich durch Samsons ungeheure Kraft in eine alles vernichtende Waffe verwandelt. Die Philister versprechen Dalila einen Beutel voller Silberstücke, wenn sie Samson das Geheimnis seiner Kraft entlockt. *Betöre ihn und sieh, wodurch seine Kraft so groß ist und wodurch wir ihn überwältigen können, dass wir ihn binden, um ihn zu bezwingen*, sagen sie zu ihr. Und sie geht zu Samson und fragt ihn, worin das Geheimnis seiner Kraft besteht. So ist es: Er ist bis über beide Ohren in sie verliebt, aber sie ist bereit, ihn auszuliefern, damit er bezwungen wird. Sie fragt ihn dreimal, und er belügt sie dreimal. Die Lösung besteht nicht darin, ihn mit frischen Sehnen zu fesseln, wie er ihr beim ersten Mal sagt, oder neue Stricke zu verwenden, wie er beim zweiten Mal behauptet, und auch nicht darin – Antwort Nummer drei –, seine sieben Zöpfe am Webstuhl mit den Kettfäden zu verweben und mit dem Webschiffchen festzumachen. Ich habe keine Ahnung, wie ein Webschiffchen aussieht, aber mir gefällt die Vorstellung von einem breitschultrigen Kerl, dessen Zöpfe mit einem Webschiffchen am Webstuhl festgeklemmt sind. Nach der dritten Lüge macht Dalila ihn verrückt mit ihren Fragen nach dem wahren Geheimnis seiner Kraft. Sie wirft ihm vor, dass er sie nicht liebt, wenn er ihr nicht die Wahrheit sagt, und folgt ihm auf Schritt und Tritt, damit er sich ihr anvertraut. Und weil sie ihn Tag für Tag mit Worten bedrängt und plagt, *da wurde seine Seele es zum Sterben leid*, steht in der Bibel. Ich mag es sehr, wie die Dinge im Alten Testament ausgedrückt werden. Ich habe nie verstanden, warum Samson Dalila nicht verlässt, als er das erste Mal merkt, dass sie ihn verraten hat. Wie kann es sein, frage ich, dass er sie weiterhin liebt, wo er doch weiß, dass sie den Philistern die Geheimnisse erzählt, die er ihr anvertraut? Beim vierten Mal sagt der Dummkopf ihr die Wahrheit: Er verliert seine Kraft, wenn man ihm die Haare abschneidet. Und wieder verrät sie ihn. Sie schneidet ihm die Haare ab und ruft die Philister. Und die packen ihn, legen ihn in Ketten und stechen ihm die Augen aus. Das heißt, sie bezwingen ihn, so wie sie es vorgehabt hatten. Und Dalila?

Seit ich elf bin, bin ich wie besessen von dieser Geschichte. Meine Mutter hat mir immer gesagt, als sie einen Namen für mich überlegte, hätte sie an die Musik gedacht, die ihr so gefiel. Aber ich hatte die fixe Idee, eine böse Seite zu haben, eine Seite, die es fertigbringt, der Liebe meines Lebens ein Messer in den Rücken zu stoßen. Ich traute mir selbst nicht. Ich war überzeugt, dass eines Tages, wenn ich es am wenigsten erwartete, ein in mir schlummerndes Ungeheuer ans Tageslicht kommen und den geliebten Menschen weh tun würde. Ich sagte mir: Ich trage den Namen einer Verräterin.

5

Wir wussten nicht, was wir tun sollten, wo wir dich suchen sollten!«, sagte Lucía. »Ich wusste es, ich wusste, dass du dich im Wald verirrt hattest.«

»Kaum warst du weg, da war ihr klar, dass du dich verlaufen würdest«, erklärte Petra mit der unerschöpflichen Bewunderung, die sie für meine Schwester an den Tag legte.

Lucía war so nervös geworden, dass sie ins Dorf gefahren war, um in Erfahrung zu bringen, was man unternahm, wenn jemand sich im Wald verlief. Man hatte ihr gesagt, wenn sie eine Vermisstenanzeige aufgab, könnte man eine Polizeistreife losschicken, aber bei der Vorstellung, wie ich reagieren würde, falls ich mich doch nicht verirrt hatte und eine Polizeistreife auf der Suche nach mir auftauchte, beschloss sie, damit noch zu warten.

»Ich hab dir einen Brief von Pablo mitgebracht«, sagte sie. »Er hat ihn postlagernd geschickt, und es hat tatsächlich geklappt.«

»Zuerst soll sie uns alles erzählen«, fand Maite.

Nein. Zuerst der Brief. Der Brief war ein Foto von Pablo mit einem Haufen Leute, die ich nicht kannte. Sie hatten Bierflaschen in der Hand, manche sogar zwei Flaschen, Zigaretten, Pablo hatte die Arme von hinten um zwei hübsche Mädchen gelegt und streckte der Kamera die Zunge heraus. Das Foto übermittelte Lärm, das Gefühl für die Stimmen, das Geschrei, die Scherze in Richtung des Fotografen und zwischen ihnen allen, diese so ganz andere Form des Vergnügens als die, die ich gerade erlebte. Die anderen Jungs auf dem Foto waren älter als Pablo, die meisten Mädchen auch. Am Ende der Reihe war eine, die ihn ansah. Eine Schwarzhaarige mit einem perfekten Körper, im roten Bikini, und sie sah ihn voller Verlangen an.

»Mach dir keinen Kopf«, sagte Lucía.

»Sie hat recht«, fand Maite.

»Die sind doch alle völlig durch den Wind«, erklärte Petra.

Sie hockte am Grill und briet eine Forelle, die Lucía im Dorf gekauft hatte.

»Wer alle?«, fragte Maite.

Petra erwiderte nichts.

»Alle Männer?«, fragte Maite.

»Die Forelle ist fast fertig«, sagte Petra.

»Sag schon. Alle Männer?«

»Wozu schickt er ihr so ein Foto?«, fragte Petra zurück.

»Du hast es ja nicht mal gesehen«, entgegnete Maite.

»Nicht nötig.«

Lucía behauptete steif und fest, die Schwarzhaarige würde Pablo nicht ansehen. Aber damit wollte sie mich beruhigen. Selbst wenn sie ihn wirklich nicht ansah, wozu schickte er mir ein Foto, von dem er wusste, dass es mich endlos eifersüchtig machen würde? Denn das wusste er so genau, dass er auf die Rückseite des Fotos geschrieben hatte: »Ich stelle dir die Clique vor. Werd nicht eifersüchtig.« Da standen auch noch ein paar Worte über Búzios, mehrere Zeilen auf Brasilianisch aus einem Song von Chico Buarque und in einer Ecke »Ich liebe dich«. Das war alles, was er mir zu sagen hatte nach fast vier Wochen Reise durch Brasilien? Werd nicht eifersüchtig, ich liebe dich?

»Nach dem, was uns Lucía über Pablo erzählt hat, ist es die gleiche Geschichte wie immer«, sagte Maite.

Das war wie eine Ohrfeige. Die Vorstellung, wenn ich nicht da war, redeten die drei über meine

Beziehung zu Pablo, machte mich rasend. Nichts von dem, was Lucía zu ihrer Rechtfertigung sagte, konnte mich besänftigen. Und wenn ich wütend bin, ziehe ich mich zurück. Es ist, als würde ich mich in einen Stein verkriechen und alles würde in weite Ferne rücken. Alles. Mir verging der Appetit auf die Forelle, auf die Brombeeren mit Sahne als Nachtisch, mir verging die Lust, ihnen zu berichten, wie es mir ergangen war, ihnen von Saqui und Tharo zu erzählen. Lucía kannte mich gut, sie wusste, dass man mich dann am besten in Ruhe ließ. Aber Maite war wie ein Pitbull.

»Ein Typ, der dich in den Ferien hängenlässt und allein nach Brasilien fährt und dir außerdem Fotos schickt, auf denen die Tussis ihn anhimmeln, ist ein Arschloch. Wir sollten ihm ein Foto von dir mit deinem neuen Freund schicken. Übrigens, wie heißt er eigentlich?«

Doch ich entfernte mich bereits Richtung Seeufer. Ich wollte nicht bei ihnen sein. Ich wollte bei niemandem sein.

Ich ging am Ufer entlang, bis unser Lager nicht mehr zu sehen war, und setzte mich auf einen Stein am Wasser. Lieber allein als gemeinsam einsam, sagte mein Vater immer, wenn er mich in dieser Verfassung sah. Das stimmte. Ich hatte nicht gern Zeugen. In der Schule sah ich, wie die anderen Mädchen über ihre Sachen redeten, mit ihren Freundinnen weinten, gemeinsam Briefe schrieben oder Schlachtpläne entwarfen. Ich wollte gern sein wie sie, konnte es aber nicht. Ich konnte nicht über meine Sachen reden, ich weinte nicht gern vor anderen Menschen. In den Sommerferien, als ich dreizehn war, hatte ich meinen Großvater sagen hören, ich sei seltsam, ich hätte ein Herz aus Eis und nichts gehe mir nahe. Am Morgen war meine kleine Hündin von einem Lastwagen überfahren worden, und ich hatte mich zum Weinen ins Bad eingeschlossen, während meine Schwestern in den Armen meiner Großeltern weinten. Als ich ihn das sagen hörte, spürte ich, dass niemand mich kannte. Weder mein Vater noch meine Mutter noch meine Großmutter legten ein gutes Wort für mich ein. Niemand sagte meinem Großvater, dass er sich irrte. Ich hielt mich versteckt, damit sie mich nicht sahen, mit dem Gefühl, ich wäre gerade aus der Familie verstoßen worden. Tagelang fühlte ich mich von allen verlassen. Später, als ich älter wurde, fragte ich mich, ob es nicht sogar stimmte, dass ich seltsam war. Und meine größte Angst wurde, mein Herz könnte gefrieren, eines Tages ginge mir nichts mehr nahe, und ich könnte nichts mehr empfinden. Denn es gab Situationen, in denen ich wirklich nicht wusste, was ich empfand.

An diesem Nachmittag auf dem Stein zum Beispiel. Ich sah die Schwarzhaarige mit ihrem roten Bikini an, versuchte zu erraten, ob sie Pablo gefiel. Er war am anderen Ende, aber ich stellte mir ein unsichtbares Band vor, das sie miteinander verknüpfte. Ich las die Zeilen aus dem Song von Chico Buarque. Warum hatte er mir diese Zeilen geschickt? Ausgerechnet diese. *Oh, was wird's sein, was wird's sein, / was kann wohl die Liebenden inspirieren, / von denen die Dichter wild phantasieren.*

Ich kannte den Song gut, konnte mich aber nicht an den gesamten Text erinnern. Ich hatte das dumpfe Gefühl, dass Pablo mir eine Art Rätsel schickte. Was wird's sein, was wird's sein. Wie ging der Song weiter?

6

Ich ging erst zu unserem Lager zurück, als es dunkel wurde. Als Einzige war Petra zu sehen, die mit einem weißen Stück Holz eine Hängematte fabrizierte. Es kam mir vor, als hätte sie geweint. In Petras Gegenwart fühlte ich mich unbehaglich. Sie hatte eine laute Stimme und ein Lachen, mit dem man ständig rechnen musste. Ihre Eltern lebten getrennt, die Mutter arbeitete viel, und der Vater machte ihr Geschenke – zum Beispiel den Dodge 1500 Pick-up, mit dem wir unterwegs waren –, hatte sich aber nicht von ihr verabschiedet. Er war nicht der Typ Vater, der sich von seiner Tochter verabschiedet oder sie willkommen heißt oder an einem Ereignis teilnimmt, das für sie wichtig ist, aber in diesen Tagen redete niemand schlecht von ihm, weil sein Geschenk uns die Reise ermöglicht hatte. Petra hatte vor einem Monat den Führerschein gemacht, sie fuhr ruckartig und ärgerte die LKW- und PKW-Fahrer auf der Strecke mit erfundenen Schimpfwörtern, sie war ungeschickt, und ihr ging ständig etwas kaputt. Immer fabrizierte sie etwas, das zu nichts nütze war, aber das tat sie mit einem beneidenswerten Grad an Konzentration. Sie vergötterte meine Schwester krankhaft und geriet wegen jeder Kleinigkeit mit Maite aneinander. Ich wollte eigentlich nett zu ihr sein, ärgerte mich am Ende aber meist wegen irgendetwas. Lucía ging es wie mir. Sie mochte Petra, regte sich aber immer wieder über sie auf und wurde unfreundlich. Nicht sehr, Lucía brachte es nicht fertig, richtig unfreundlich zu sein, aber sie ließ sie einfach allein weiterreden oder befahl ihr mitten im Satz, den Mund zu halten. Petra legte großen Wert darauf, immer am Zelteingang zu schlafen, »um uns zu verteidigen«. Abend für Abend drehte sie vor dem Löschen der Gaslaterne oder der Kerzen eine Runde um unser Lager, um klarzustellen, dass sie unsere Wächterin war. Es gefiel ihr nicht, wenn Maite und Lucía über Jungs zu reden begannen, was Maites Lieblingsthema war. Ich verstand Petra nicht. Ich verstand nicht ihren Eifer, ihre Übertreibungen, ich konnte ihre Sorgen nicht nachvollziehen. Mir wollte es nicht in den Kopf, dass jemand uns in der Nacht angreifen könnte, dass es nötig sein sollte, mit einem offenen Auge und gespitzten Ohren zu schlafen. Es kam mir übertrieben und lächerlich vor. *Sie* kam mir übertrieben und lächerlich vor. Und traurig. Von Lucía wusste ich, dass Petra eine unglückliche Kindheit gehabt hatte, mit diesem Vater voller Geringschätzung und dieser Mutter, die vor und nach der Scheidung viele Liebhaber gehabt hatte und ihre Tochter zu ihrer Komplizin machte. Ich wusste nie, worüber ich mit ihr reden sollte.

Die Teller vom Mittagessen steckten im Sand und warteten darauf, dass ich meinen Teil der Abmachung erfüllte. Da ich als Einzige nicht Auto fahren konnte, musste ich abspülen. Immer. Ich krempelte die Hosenbeine auf und watete in den See. Der Himmel war wieder klar, und sein Spiegelbild im Wasser bildete eine makellose Parallelwelt, die von der Abendsonne beschienen wurde. Petra kam näher und machte mit ihrer Hängematte am Ufer weiter.

»Maite und Lucía sind noch mal ins Dorf gefahren. Lucía wollte mehr Sahne für die Brombeeren kaufen, weil sie alle ist und du noch keine gegessen hast.«

Ich nickte zustimmend. Ich wollte kein Gespräch anfangen. Meine Füße wurden eiskalt, aber um mich herum war es still, und die Ruhe und die Stille besänftigten mich. Das schien Petra zu merken, denn sie ging wieder weg und probierte ihre Hängematte an den Ästen einer Scheinbuche aus.

Als Maite und Lucía zurückkamen, machten wir Feuer, kochten Spaghetti, und schließlich vertilgte ich meine Brombeeren mit Sahne, aber obwohl ich kurz erzählte, wie ich mich im Wald verirrt hatte und Saqui und Tharo begegnet war, und Maite und Lucía von ihrem Besuch im Dorf berichteten, waren Petra und ich nicht so fröhlich wie sie. Irgendwann sagte Maite etwas zu Lucía, das ich nicht ganz verstand, etwas von einem Mann, über den sie offenbar im Auto geredet hatten. Als Petra die Kerze ausblies und wir im Dunkeln lagen, nahm Lucía das Thema wieder auf. Genau wie vor einer Weile am Feuer kicherte Maite aufreizend und sagte, sie wolle nicht darüber reden.

»Was fandest du denn an ihm?«, beharrte Lucía.

»Jetzt seid doch endlich still!«, verlangte Petra.

Und bestimmt weil Petra genervt war, beschloss Maite, doch zu antworten.

»Ich fand ihn süß«, sagte sie.

»Aber er ist alt, Maite.«

»Ja, und süß.«

»Wie viel älter als wir wird er sein? Dreißig Jahre?«

»Zwanzig. Er ist vierzig. Er ist gar nicht so alt. Er hat mir gefallen.«

»Von wem redet ihr?«, fragte ich.

»Von einem alten Knacker, den wir unterwegs getroffen haben.«

»Er ist kein alter Knacker«, protestierte Maite.

»Warum geht ihr nicht raus, wenn ihr reden wollt?«, fragte Petra.

Aber niemand beachtete sie. Die beiden hatten auf der Fahrt durch den Wald einen Anhalter mitgenommen. Maite beschrieb ihn als einen Mann mit meergrünen Augen und einem unwiderstehlichen Mund.

»So ein Quatsch, meergrüne Augen!«, sagte Lucía. »Sie waren braun, braun wie Schlamm.«

Petra ließ ihr lautes Lachen vernehmen.

»Grün«, beharrte Maite. »Er hat mir gefallen. Ich mochte, was er uns über den Lago Negro erzählt hat, und ich mochte seinen Geruch.«

»Seinen Geruch! Wann hast du ihn denn gerochen?«, fragte Lucía.

»Als er sich nach vorne gebeugt hat, um uns den Weg zu seiner Räucherkammer zu zeigen.«

»Hat er nach geräucherter Forelle gerochen?«, fragte ich.

»Nein. Nach einem sexy Typen.«

Petra knipste ihre Taschenlampe an, setzte sich auf, zog den Reißverschluss auf und kroch aus dem Zelt.

»Wenn ihr mit eurem blöden Gequatsche fertig seid, gebt mir Bescheid«, sagte sie.

»Was ist denn mit der los, dass sie ständig die Nerven verliert?«, fragte Maite.

Das sagte sie ziemlich laut, wie um sicher zu sein, dass Petra sie hörte.

»Hack nicht auf ihr rum«, sagte Lucía.

Ich hätte Maite gern gefragt, warum sie immer auf Petra losging, tat es aber nicht. Ich wollte mich heraushalten, als wäre das hier nicht mein Leben, obwohl ich ein Zelt mit ihnen teilte und wir noch gut sechs Wochen zusammen verbringen würden, außer ich wollte den Bus zurück nach Buenos Aires nehmen. Heute Vormittag, in der Küche mit Saqui und während des Fußmarschs mit Tharo, hatte ich eine Weile alles vergessen, Pablo, meine Albträume, meine Bedenken wegen der Reise und wegen meiner Begleiterinnen, aber durch Pablos Foto waren meine Streitereien mit ihm und meine Verunsicherung wieder hochgekommen. Als Maite und Lucía weiter über den alten Knacker redeten, kroch ich auch aus dem Zelt. Ich war nicht mehr müde.

Draußen schien der Mond auf den See und tauchte die Landschaft in eine friedliche Klarheit. Petra saß mit gesenktem Kopf in ihrer Hängematte. Ich ging am Ufer davon, bis ich um die Biegung war, wo ich von unserem Lager aus nicht gesehen werden konnte.

In der Stille sprang ein Fisch aus dem Wasser und löste kreisrunde silbrige Wellen aus.

Auf den Steinen weiter vorn bewegte sich eine Gestalt, die ich zuerst für einen der Büsche hielt, die dicht am Wasser wuchsen, aber als ich näherkam, merkte ich, dass es ein Mensch war. Ein Mann, der am Seeufer stand. Er stand mit dem Rücken zu mir, ganz ruhig. Ich dachte zwar, ich sollte lieber zum Zelt zurückkehren, schlich mich jedoch in die Dunkelheit zwischen den Bäumen und setzte mich hin, um zu schauen. Schon vor vielen Jahren hatte ich die Angst vor der Nacht verloren, aber wie ich da saß, hatte ich das klare Gefühl des Waldes in meinem Rücken und des mondbeschienenen Sees vor mir als zwei entgegengesetzten Mächten. Hinter mir existierten Wesen, die ich nicht sehen konnte, dunkle, geduckte Wesen. Im Mondlicht war die Welt nicht so leicht zu erkennen wie bei Tag, und was im Hellen lag, konnte in der nächsten Sekunde im Dunkel verschwinden. Der Mann drehte den Kopf, als spürte er, dass jemand ihn beobachtete. Er stieg von seinem Stein herunter und begann, in meine Richtung zu gehen. Ich kauerte mich hinter die Bäume. Vor Angst bekam ich keine Luft. Als er dicht an mir vorbeiging, erkannte ich Zasiok. Er ging bis zur Biegung und blieb dort stehen, als würde er von weitem unser Lager betrachten. Ich weiß nicht, wie lange er dort stand, aber je mehr Zeit verging, desto mehr Angst hatte ich, mich zu bewegen. Als er wieder vor mir am Ufer vorbeiging, blieb er einen Moment stehen und sah in meine Richtung. Ich presste mich an einen Baumstamm in der Hoffnung, unentdeckt zu bleiben. Zasiok setzte seinen Weg fort, aber ich war nicht sicher, ob er mich wirklich nicht gesehen hatte. Ich wartete eine gefühlte Ewigkeit, bevor ich herauskam und zum Zelt zurückging.

Ich wollte gerade meine Taschenlampe anknipsen, um beim Hineinkriechen niemanden zu treten, da wurde ich geblendet.

»Entschuldigung«, flüsterte Petra und ließ die Taschenlampe sinken.

Sie hockte sprungbereit auf ihrem Schlafsack, die Taschenlampe wie eine Waffe in der Hand.

»Ein Mann hat uns von der Wegbiegung aus beobachtet«, sagte sie.

»Ich weiß«, gab ich leise zurück. »Das ist ein Typ, der hier in der Gegend wohnt. Ich habe ihn heute in dem Häuschen im Wald getroffen.«

»Es hat mir überhaupt nicht gefallen, dass er da rumstand.«

»Mir auch nicht.«

»Morgen reden wir mit den anderen und hauen ab.«

»Wir müssen auch nicht übertreiben. Lass uns eine Nacht drüber schlafen.«

Ich schlüpfte in meinen Schlafsack. Petra knipste das Licht aus. In der Nacht sehen Eidechsen aus wie Dinosaurier, sagte ein Freund meiner Mutter immer, der krank war und unter Schlaflosigkeit litt. In dieser Nacht erwachten meine Ungeheuer. Ich hatte einen Albtraum, den ich schon öfter gehabt hatte, seit Pablo mir gesagt hatte, er würde allein nach Brasilien fahren. In dem Albtraum stand ich an einem Bett, in dem er eine andere Frau liebte. Diesmal hatte die Frau, die neben Pablo lag, das Gesicht der Schwarzhaarigen.

7

Wir wurden davon wach, dass jemand von außen aufs Zeltdach schlug.

»Guten Morgen, ihr Schlafmützen«, war eine Männerstimme zu hören.

»Das ist er«, sagte Maite und kletterte über mich, um aus dem Zelt zu krabbeln.

»Das darf ja wohl nicht wahr sein«, stöhnte Petra und kroch tiefer in ihren Schlafsack.

Als wir endlich alle das Zelt verließen, brannte das Feuer, und das Wasser kochte schon. Maite putzte sich am Flussufer die Zähne, und Zasiok sah ihr dabei zu. Zasiok war also der Mann, über den die beiden geredet hatten. Maite sah glücklich aus, als wäre es etwas Wunderbares, wenn ein Unbekannter einem dabei zusieht, wie man Spucke und aufgelöste Zahnpasta ins klare Wasser eines Flusses spuckt.

Ich liebe sie, wenn sie spuckt, als wäre sie in einer andren Welt, rezitierte Petra mit leiser Stimme Neruda.

Maite stellte uns nacheinander vor, und Stephan Zasiok schüttelte uns förmlich die Hand. Er schien mich nicht wiederzuerkennen. Er blieb da, um mit uns zu frühstücken, und begann von den Schönheiten seiner Heimat zu reden wie ein geschwätziger Fremdenführer. Er versprach, uns versteckte Seen zu zeigen, eine Kanufahrt durch den Fluss, einen Ausritt durch den Wald und sogar eine Reise an den Pazifik zu organisieren, wenn wir in seinem Pick-up nach Chile hinüberfahren wollten. Die Einzige, die sich zurückhielt und Zasiok misstrauisch beäugte, war Petra, denn Lucía und ich und sogar Maite, die man mit nichts beeindrucken konnte, weil sie wie eine Prinzessin aufgewachsen war, waren begeistert von seinen Vorschlägen.

Nachdem ich die Sachen vom Frühstück abgewaschen hatte, holte ich mein Heft und zog mich zum Schreiben zurück. Im Davongehen hörte ich Zasioks tiefe Stimme, seinen Akzent voller ausgeprägter R und Ch, das Lachen von Maite und Lucía, das Schweigen von Petra. Meine Beklemmung wegen des Albtraums hatte sich noch nicht ganz verflüchtigt, und die Bilder von Pablo mit der Schwarzhaarigen kamen mir wieder in den Sinn wie die Erinnerung an etwas Reales. Ich wusste, schreiben würde mich beruhigen.

Manchmal gehe ich dabei von einer beliebigen Zeile aus, etwas Gelesenem oder Gehörtem, lasse den Stift alleine schreiben, bemühe mich nicht darum, dass es Sinn ergibt. Auf diese Weise stoße ich auf Dinge, die mir entgehen, wenn ich über einen konkreten Gedanken schreibe. Bei dieser Art des Schreibens geht es auch darum, die Schubladen meines Unbewussten zu öffnen. Wenn ich die Kontrolle aufgebe, gehe ich Dingen nach, von denen ich nichts weiß. Zu jener Zeit tat ich das voller Schrecken, denn ich war sicher, am Ende der vielen Worte, die wie ein Schwall aus mir sprudelten, würde ich irgendwann auf etwas stoßen, das ich nicht sehen wollte.

Pablo kritisierte mich häufig und warf mir Dinge vor, die ich nicht an mir sah. Er sagte immer wieder, ich würde ihm keine Sicherheit geben. Wir waren seit knapp zwei Jahren zusammen und stritten uns die ganze Zeit. Dann versöhnten wir uns wieder, aber beim Streiten, wenn er mir solche Sachen an den Kopf warf, spürte ich, dass er von einer anderen Person sprach. Lucía und ihr Freund Momo hatten ihn auf Partys, auf die ich nicht gegangen war, mit anderen Mädchen gesehen. Dreimal. Aber Pablo fand immer eine Ausrede. Und die häufigste Ausrede war die: dass ich ihm keine Sicherheit gab. Als wäre ich daran schuld, dass er mich betrog. Jedes Mal, wenn es passierte, verzieh ich ihm am Ende, und er versprach, es nicht wieder zu tun. Seine Reise nach Brasilien war ein Verrat unter vielen, nur mit dem Unterschied, dass meine Enttäuschung diesmal sehr viel größer war. Wir hatten davon gesprochen, diese Reise zusammen zu unternehmen, hatten Strände und Pensionen ausfindig gemacht. Und das Schlimmste war, dass er es erst wenige Tage vor unserer Abreise schaffte, mir zu sagen, dass er allein fahren würde. Jetzt versuchte ich, darüber hinwegzukommen und Lucía dankbar zu sein, weil sie mich davor bewahrte, den ganzen Sommer bei unseren Eltern in Buenos Aires herumzuhocken, aber Petra und Maite waren nicht meine Freundinnen, und die Albträume machten mich verrückt. Warum hing ich noch an Pablo, obwohl mir jedes Mal, wenn ich an ihn dachte, das Herz schwer wurde? Das ist keine Liebe, schrieb ich wieder und wieder in mein Heft. Das sagten meine Freundinnen in Buenos Aires, das hatte Lucía in der Nacht gesagt, als sie mich weinend im Sessel fand, weil Pablo allein nach Brasilien fahren wollte. Aber Pablo war mein erster Freund, er gefiel mir, er brachte mich oft zum Lachen, tanzte gut und spielte Gitarre und gefiel allen Mädchen. Und seine Küsse waren das Allerschönste auf der Welt. Wie sollte ich ihn mir aus dem Kopf schlagen?

Ich war so aufs Schreiben konzentriert, dass ich Tharo erst sah, als er schon ganz nah war. Er führte ein Pferd am Zügel. Ich ging zu ihm, um hallo zu sagen, und das Pferd wurde nervös. Es zitterte, als wäre ihm kalt. Tharo legte ihm die Hand an den Hals und redete auf es ein, um es zu beruhigen.

»Hast du Angst?«, fragte er mich.

»Ein bisschen. Ich habe Angst, dass es nach mir tritt.«

Tharo nickte. Er sah aus, als wollte er weitergehen, aber ich verwickelte ihn in ein Gespräch, fragte ihn nach dem Wald, nach seiner Großmutter, nach allem Möglichen. Genau wie seine Großmutter nahm er sich Zeit zum Antworten. Während wir redeten, streichelte er das Pferd, tätschelte ihm die Kruppe, den Bauch, kraulte es hinter den Ohren. Irgendwann schien er endlich zu beschließen, dass er auch bleiben konnte, band das Pferd unter den Bäumen fest, und wir ließen uns auf dem Stein nieder, auf dem ich zum Schreiben gesessen hatte.

Wir blickten beim Reden aufs Wasser, er drehte mir beim Antworten nicht den Kopf zu, ich sah ihn jedoch am Ende jedes Satzes an, weil ich wissen wollte, was für ein Gesicht er machte. Als ich später an dieses lange Gespräch auf dem Stein zurückdachte, schämte ich mich, dass ich so neugierig gewesen war. Warum war es mir so wichtig zu erfahren, was er denken mochte?

Als er mir vorschlug, das Pferd auf die Koppel zu bringen, willigte ich ein. Wir gingen an unserem Zelt vorbei, damit ich mein Heft dortlassen konnte. Die anderen waren nicht da, und obwohl ich als Erste weggegangen war und nicht umgekehrt, ärgerte es mich ein bisschen, dass sie mich nicht geholt hatten. Tharo und ich gingen am Fluss entlang bis zu einem Trampelpfad, der zwischen zwei ziemlich hohen Büschen begann.

»Wie heißen diese Büsche?«, fragte ich, um etwas zu sagen.

»Sie haben viele Namen. Notro. Saqui nennt sie Tremún. Für meinen deutschen Großvater heißen sie Feuersträucher. Meine Mutter hat Zündhölzer dazu gesagt. Im Frühling musste ich immer einen Strauß für sie pflücken, wenn sie rot blühen. Als sie meinen Vater geheiratet hat, pflückte er für sie eine ganze Vase voll und stellte sie unters Fenster.«

Das mit dem deutschen Großvater überraschte mich. Ich fragte ihn, was es mit den deutschen Großeltern auf sich hatte. Sein Großvater war Archäologe und hatte Patagonien mit einem Stipendium bereist, um die Mapuche-Kultur zu erforschen. Auf dieser Reise hatten sich Tharos Eltern kennengelernt. Als Tharo auf seine Eltern zu sprechen kam, veränderte sich seine Stimme. Ich fragte ihn, wo sie waren.

»Sie sind tot. Zuerst ist mein Vater gestorben und dann meine Mutter.«

Das sagte er auf eine Art und Weise, die mir keinen Raum ließ, weiterzufragen. Ich hätte es gern gehabt, wenn er mehr von ihnen erzählt hätte, aber er redete von Oma und Opa, seinen Großeltern von drüben. Er sprach von einer Stadt, die er nicht kannte, von Postkarten, die immer zu Weihnachten eintrafen. Seine Großeltern wünschten sich, dass er sie einmal besuchte, aber er wollte den Wald nicht verlassen, er wollte seine hiesigen Großeltern nicht alleinlassen und hatte fast keinen Bezug zu seinen Gringo-Großeltern – so nannte er sie: meine Großeltern von hier und meine Gringo-Großeltern. Er ging neben mir, das

Pferd folgte uns. Tharo blieb nicht stehen, aber diesmal sah er mich an, als er von seinen Großeltern zu Ende erzählt hatte. Und bei seinem Blick machte mein Herz einen Hüpfer.

Er erzählte mir auch, dass er vor zwei Jahren wieder in den Süden zurückgekehrt war, nachdem er vier Jahre in Córdoba in einem Internat verbracht hatte.

»Da hat mich der Mann hingeschickt, der später mit meiner Mutter zusammen war«, sagte er.

Ich dachte, er würde noch etwas hinzufügen, aber er blieb stumm. Ich folgte ihm auf dem Trampelpfad bis zu einer kreisrunden Koppel, die der Sonne ausgesetzt war. Als wir ankamen, holte er eine Drahtbürste und begann, den Rücken des Pferdes zu striegeln. Die Erde, die sich löste, blieb in der Luft schweben, und je sauberer das Fell wurde, desto mehr schimmerte es kupferfarben.

»Dieser Spinner hat sich im Schlamm gewälzt«, sagte Tharo.

Ich kletterte auf den Zaun der Koppel und sah ihm stumm zu. Nachdem er Bastián – so hieß das Pferd – überall gestriegelt hatte, saß er auf und legte sich flach auf seinen Rücken, als wäre das Pferd ein Bett.

»Du hättest ihn mal sehen müssen, als er mir

gebracht wurde. Er ließ sich nicht mal anfassen. Schade, dass er jetzt fortkommt«, sagte er und machte eine Drehung, bis er quer über Bastiáns Rücken lag. »Wirst du dich in Chile anständig benehmen, Bastián?«

Ich hatte noch nie jemanden so merkwürdige Dinge auf einem Pferd machen sehen. Bastián klappte die Ohren nach unten und spähte aus den Augenwinkeln nach ihm. Scheinbar spielerisch verbog er den Hals, zog die Lippen zurück und bleckte seine riesigen Zähne.

»Er will dich beißen«, sagte ich.

»Ja, ich glaube, manchmal würde er mir diese Prachtzähne am liebsten mal so richtig in den Hintern rammen, aber das erlaube ich ihm nicht«, sagte Tharo und schob das Maul mit der offenen Hand weg.

Wie konnte er so seelenruhig auf einem Tier herumhängen, das so viel größer war als er und eindeutig damit drohte, ihn zu beißen? Ich konnte es gar nicht erwarten, ihn nach seinen Eltern zu fragen, aber so neugierig ich auch war, mir schien, ich musste warten.

Als er mich zum Mittagessen bei seiner Großmutter einlud, sagte ich nein. Es war besser, zum Lager zurückzugehen und nachzusehen, was die anderen machten. Ich würde Lucía bitten, mich ins Dorf zu fahren. Ich wollte Pablo einen Brief schicken. Ich wollte ihm schreiben, wie eifersüchtig mich das Foto gemacht hatte.

Tharo ließ Bastián auf einer Weide frei und begleitete mich zum Fluss, damit ich mich auf dem Rückweg nicht verirrte. Er blieb neben den Feuersträuchern stehen, die Hände in den Taschen. Während ich mich von ihm entfernte, spürte ich, dass ich mich falsch entschieden hatte, dass ich gern Saqui wiedergesehen und mehr Zeit mit Tharo verbracht hätte. Am Lager hatte ich nichts zu tun. Meine Lust, einen Brief zu schreiben, war verflogen.

8

Am Lagerplatz war niemand. Ich ging in den Wald, um Kleinholz für ein Feuer zu sammeln; es wurde Zeit, etwas zu kochen. Vom See her kam ein Motorengeräusch näher. Mit einem Berg Äste auf den Armen ging ich nachsehen. Am Ufer fuhr ein schnittiges weißes Motorboot mit einem roten Streifen entlang und zerpflügte das spiegelglatte Wasser. Maite folgte dem Boot auf Wasserskiern; sie trug einen Neopren-Anzug und eine orangene Rettungsweste und hielt sich an einem blauen Seil fest. Im Boot feierte Zasiok die Heldentat mit einem in die Luft gereckten Arm und dem anderen am Steuer. Lucía saß entgegen der Fahrtrichtung. Maite löste eine Hand, um mir zu winken, und verlor das Gleichgewicht. Alle viere von sich gestreckt, plumpste sie ins Wasser wie ein orangener Stein, der eine Ski flog zur Seite davon, der andere drehte sich nach hinten und zwang sie zu einer Verrenkung. Zasiok wendete das Boot, sammelte den verlorenen Ski ein und näherte sich ihr, während sie sich mit dem verbliebenen Ski wieder nach vorne zu drehen versuchte. Lucía half ihr vom Boot aus dabei, und Zasiok reichte ihr den anderen Ski. Er hatte den Motor abgestellt, und die fröhlichen Stimmen schallten bis ans Ufer.

»Das gefällt mir immer weniger«, sagte Petra hinter meinem Rücken.

Sie hatte ein Bündel lange Äste unter dem Arm und eine Handvoll Zeitungen in der Hand.

»Ich mag Zasiok auch nicht«, sagte ich, wäre aber trotzdem gern im Boot gewesen. Ich wollte auch Wasserskifahren lernen.

Petra wirkte überrascht, dass ich ihr zustimmte. Sie sah mich an, als versuchte sie, Ironie oder Spott zu entdecken. Nachdem sie sich überzeugt hatte, dass ich es ernst meinte, lächelte sie mich an. Es war, als hätte ich sie noch nie vorher lächeln sehen.

»Soll ich dir mit dem Feuer helfen? Mir knurrt schon der Magen«, sagte sie.

Sie begann, das Zeitungspapier zusammenzuknüllen, und ich schichtete das Holz auf. Als das Feuer brannte, lächelte sie mich wieder an.

»Du siehst deiner Schwester ähnlich«, sagte sie.

»Sie sieht mir ähnlich«, gab ich zurück.

Wir lachten. Sie setzte sich auf den Boden und

machte sich daran, die Äste mit einem winzigen Beil kleinzuhacken.

»Wozu ist das?«

»Für ein Lagerfeuer«, antwortete sie. »Irgendwann will ich ein richtig großes Feuer machen, damit wir draußen schlafen können und das Feuer nie ausgeht. Wenn es herunterbrennt, werfe ich nach und nach die Holzbündel hinein.« Während sie das sagte, nahm sie mehrere dünne Zweige und band sie zusammen. Es überraschte mich, dass sie trotz ihrer Ungeschicklichkeit und Überstürztheit so mit den Händen arbeiten konnte. Zum ersten Mal fiel mir auf, dass sie ganz zarte Finger hatte.

Sie erzählte, dass Zasiok den beiden angeboten hatte, ihnen einen versteckten See in den Bergen zu zeigen und über die Anden nach Chile zu fahren.

»Und dann werden sie ihn nie mehr los. Von mir aus kann Maite nach China mit ihm fahren. Einfache Fahrt, wenn sie Lust hat. Aber ich mache Ferien mit Lucía, und ich fahre mit diesem alten Knacker nirgendwohin.«

Ich musste lachen, weil Petra so eine Wut auf Zasiok hatte. Ich war nicht so gegen ihn wie sie. Mir gefiel die Idee mit dem versteckten See und der Überquerung der Anden in seinem Pick-up, aber ich hatte auch Lust, Tharo und seine Pferde wiederzusehen. Ich hatte von Anfang an gesagt, dass ich die Reise mitmachte, wenn jede tun und lassen konnte, was sie wollte. Wenn Maite sich für einen zwanzig Jahre älteren Mann interessierte, war das ihre Sache. Um Lucía machte ich mir keine Sorgen. Sie fiel immer wieder auf die Füße, wie Mama sagte. Was konnte Zasiok uns schon Böses antun?

Wir aßen spät zu Mittag. Maite und Lucía redeten die ganze Zeit übers Wasserskifahren und versuchten, Petra und mich zu überreden, mit an den versteckten See zu kommen. Nach dem Essen beschloss ich, den Nachmittag allein zu verbringen, und ging am Ufer entlang bis zu meinem Lieblingsstein. Die Sonne hatte ihn gewärmt, und nachdem ich eine Weile geschrieben hatte, wurde ich schläfrig und nickte ein, auf dem glatten, warmen Stein zusammengerollt, gegen dessen Ränder das Wasser plätscherte.

Als ich aufwachte, war es schon fast Nacht. Es hatte sich bewölkt und war deutlich kühler geworden. Ich ging zum Zelt zurück. Das Feuer leuchtete in der Dunkelheit, und Lucía und Petra saßen auf einem liegenden Baumstamm und kochten etwas. Ihre Stimmen schwangen mit dem Zirpen der Grillen in der Luft, hinter mir die bereits vertraute Stille voller nächtlicher Geräusche.

Ich setzte mich auf den Boden, entschlossen, den Brief an Pablo zu schreiben.

9

~~Lieber Schatz,~~

~~Lieber Pablo,~~

~~Pablo, der Ort, den wir zum Zelten gefunden haben~~

Lieber Schatz,

ich habe deinen Brief bekommen. ~~Also das Foto. Das versteh ich nicht.~~ Du scheinst dich ja prächtig zu amüsieren. ~~Hübsche Mädchen.~~

Pablo, ich habe das Foto bekommen, das du mir geschickt hast. ~~Ich fand es abscheulich.~~ Du siehst sehr glücklich aus. Ich bin auch sehr glücklich. Wir haben zum Zelten einen unglaublichen Ort an einem See gefunden. Morgens spiegeln sich die Berge im Wasser und bilden eine Parallelwelt, die so real ist wie die, die wir real nennen. Ich hätte dich gern hier bei mir. Wir könnten uns auf meinen Lieblingsstein setzen und aufs Wasser schauen.

Gelogen. Alles, was ich schrieb, kam mir gelogen vor. Ich hatte keine Lust, meinen Lieblingsstein mit Pablo zu teilen. Das hätte ich vielleicht vor der

Sache mit dem Foto geschrieben. Oder nicht mal da, denn es gab Dinge an Pablo, die jetzt, aus der Distanz, schwerer wogen denn je zuvor. Mir gingen Szenen aus Buenos Aires durch den Sinn: Er schläft bei einem seiner Freunde im Sessel, nachdem er den ganzen Abend Wein getrunken hat, und ich sitze auf dem Boden und warte, dass er aufwacht. Manchmal redeten seine Freunde mit mir, und manchmal, wenn die Bude sturmfrei war, zogen sie sich mit ihren Freundinnen in die Zimmer zurück und ließen mich mit dem schlafenden Pablo allein. Ich konnte verstehen, dass er müde war, weil er die ganze Woche frühmorgens an die Uni ging und nachmittags arbeitete und abends Wein trank, um sich zu entspannen. Ich wollte nicht eine dieser Freundinnen sein, die sich die ganze Zeit beschweren, weil der Freund sie nicht beachtet. Ich war gern das »Entlein«, wie seine Freunde mich nannten, sie langweilt sich nie, sie hat was im Kopf, sie bleibt bei ihm sitzen, armer Pablo, er schuftet sich tot, er studiert sich tot, samstags spielt er Fußball, da sehen sie sich auch nicht und machen tagsüber nichts zusammen, und abends ist er wieder müde, und sonntags ist er viel bei der Familie, und sie sind ein Haufen Geschwister, aber sie ist eisern, sie begleitet ihn, sie ist ein richtiger Kumpel, hätte ich doch bloß auch so eine verständnisvolle Freundin, meine bringt mich um, wenn ich einschlafe. Dal, die beste von allen, die ideale Freundin, die es schluckt, dass er Ferien mit ihr in Brasilien plant und es sich in letzter Minute anders überlegt und allein fährt, die nicht schreit, wenn er es nicht mal schafft, es ihr zu sagen. Die nichts kapiert, wenn sie eine Schwester von ihm auf der Straße trifft, die ihr sagt, dass er allein nach Brasilien will, die denkt, dass die Schwester sich irrt, wie soll er es sich denn anders überlegt haben und es seiner Schwester erzählen, bevor er es ihr erzählt? Das kann nicht sein. Aber als ich ihn fragte, ob es stimmte, stimmte es doch, er wartete auf den richtigen Moment, um es mir zu sagen, wann wollte er es mir denn sagen, wenn er doch in zwei Tagen losfuhr? Aber Dal, die ideale Freundin, hatte kein großes Trara gemacht, sie hatte ein bisschen geweint, ganz leise, hatte sich ins Bad verzogen, damit er sie nicht sah. Beim Versuch, den Brief zu schreiben, fühlte ich mich plötzlich weder verständnisvoll noch wie ein Entlein noch wie die ideale Freundin. Plötzlich war ich voller Wut. Ich dachte an Pablo und war wütend. So wütend, dass mir Tränen in die Augen schossen. Warum treibt einem die Wut Tränen in die Augen, genau wie der Kummer?

10

Am nächsten Morgen beschlossen Lucía und Maite, Zasioks Einladung an den versteckten See anzunehmen, und begannen, ihre Rucksäcke zu packen. Petra war sauer.

»Das war nicht abgesprochen«, sagte sie immer wieder. »Ich komme nicht mit. Was will so ein alter Knacker von jungen Mädchen wie uns? Kennt er keine Frauen in seinem Alter, die er spazieren fahren kann?«

»Ich gefalle ihm«, sagte Maite.

»Weil er ein geiler Bock ist.«

Und sie raffte mürrisch ihre Sachen zusammen, obwohl sie nicht mitkam. Maite sagte, es gebe keine Absprache, es habe nie eine gegeben, das Gute an den Ferien sei ja gerade, dass es keine Absprache gab, aber Petra beharrte darauf, als würde sie sie nicht hören. Lucía sah mich an und schnitt Gesichter. Wir hockten alle vier im Zelt und rempelten uns an, um an die Sachen zu kommen, es war, als würde das Zelt gleich explodieren, so dick war die

Luft da drinnen. Lucía versuchte, mich zum Mitkommen zu überreden, und tatsächlich überlegte ich die ganze Zeit, während ich ihnen dabei half, ihre Sachen zusammenzupacken und sich fertigzumachen. Es konnte schön sein, einen See in den Bergen kennenzulernen. Zasiok hatte den beiden erzählt, dass es am Ufer eine Schutzhütte aus Holz gab und dass es einer dieser einzigartigen Orte war, die nur Abenteurer und echte Bergliebhaber kennen. Eigentlich wollte ich gern mitfahren, aber obwohl der Ausflug an den See höchstens zwei Tage dauern sollte, kam es mir sehr lang vor. Die Vorstellung, davon abhängig zu sein, ob Zasiok und die beiden vielleicht plötzlich Lust bekamen, länger zu bleiben, machte mir Angst. Was, wenn ich zurückwollte und sie nicht? Bevor Zasiok sie abholen kam, verließ Petra unser Lager. Sie ging mit ihrem Rucksack davon, ohne uns zu sagen, wo sie hinwollte. Das gab mir den Anstoß, mich zu entscheiden. Ich würde auch nicht mitfahren.

»Sehe ich dich später?«, rief ich Petra nach.

Doch sie hob nur den Arm und wedelte damit in der Luft, was meine Frage nicht beantwortete.

»Dann sehen wir uns, wenn wir zurückkommen«, sagte Lucía. »Lass sie. Sie kriegt sich schon wieder ein.«

Sie schien sich keine Gedanken wegen der Trennung zu machen. Wollte sie vielleicht, dass ich mich um ihre Freundin kümmerte?

Ich ging am Flussufer entlang bis zu den Feuersträuchern und bog in den Trampelpfad ein. Ich überlegte nicht, wo ich hinwollte, sondern ging, als trügen mich meine Füße, ohne dass ich etwas damit zu tun hatte. Erst das hellschimmernde Holz von Saquis Häuschen zwischen den Bäumen ließ mich begreifen, wo ich war.

Ich traf Saqui in der Küche an, wie sie in einem Steinmörser Pinienkerne zerstieß. Sie schien nicht überrascht, mich zu sehen, bot mir Mate an und fragte mich, was es Neues gab. Als ich ihr erzählte, dass Zasiok uns an einen versteckten See eingeladen hatte und dass Lucía und Maite ja gesagt hatten und ihn begleiteten, begann sie die Pinienkerne immer heftiger zu zerquetschen.

Plötzlich hielt sie inne.

»So wird das kein gutes Brot«, sagte sie.

Sie wollte gerade noch etwas hinzufügen, da rief aus dem Inneren des Hauses dieselbe brüchi ge Stimme wie am ersten Tag nach ihr.

Ich folgte ihr durch den Flur bis zu einem dämmrigen Zimmer, wo ein Mann an einem Fenster saß. Es war ein sehr alter Mann mit langen grauen Haaren, die im Nacken zusammengebunden waren, um ihn herum ein Poncho, er versank richtiggehend in diesem Poncho. Im Abendlicht, das durchs Fenster hereinfiel, glitzerten seine Augen, als hätte er geweint. Saqui trocknete ihm die Augen, nahm seinen Kopf zwischen die Hände und drückte ihn an ihre Brust.

»Ist ja gut«, sagte sie.

Ich war an der Tür stehen geblieben, aber sie winkte mich näher.

»Quintún, das hier ist eine Freundin von Tharo. Sieh mal, wie hübsch sie ist.« Sie löste sich von ihm, um mich am Arm zu fassen und zum Stuhl zu ziehen.

Quintún lächelte mich mit noch feuchten Augen an. Er war winzig, so wie Saqui, mit derselben sonnenverbrannten Haut, hohen Wangenknochen und rundem Gesicht, aber er war ganz mager. Seine Augen waren wie zwei schwarze Knöpfe.

»Ein verirrter Stern«, sagte Saqui.

Von wem redete sie, von ihm oder von mir? Sie machte sich daran, Quintúns Haare zu ordnen und am Poncho zu zupfen, der ein bisschen zur Seite hing, bückte sich, um ihm einen Kuss zu geben, und verharrte einen langen Augenblick Wange an Wange mit ihm.

»Und jetzt bist du still, wir müssen was bereden«, sagte sie.

Kaum waren wir wieder in der Küche, schien Saqui sich zu verwandeln.

»Lass nicht zu, dass dieser Zasiok euch nahe kommt«, sagte sie. »Der hat schon genug Unheil angerichtet.«

Ich hatte bereits mitbekommen, dass sie Zasiok nicht mochte, aber was sie mir dann anvertraute, überraschte mich. An diesem Morgen begann Saqui, mir die Geschichte von Tharos Eltern zu erzählen. Ich glaube, hauptsächlich in der Absicht, mich vor Zasiok zu warnen, aber die Worte oder die Erinnerungen versetzten sie in einen Zustand, in dem sie mich zu vergessen schien, als hätte die Geschichte ein Eigenleben und zwinge sie, immer weiterzuerzählen.

»In einem Sommer wie diesem kam die Gringa aus Deutschland mit ihren Eltern hierher, und sie quartierten sich in dem Haus ein, das jetzt Zasiok gehört. Bettinas Vater ist Archäologe und hatte hier eine Arbeit zu erledigen. Mein Lorenzo war damals wie Tharo, genauso ein Wölfchen wie er, ein Waldtier. Und Bettina strahlte wie ein Licht. Lorenzo verliebte sich auf den ersten Blick. Sie steckten ständig zusammen, so wie ihr beide, er zeigte ihr alle möglichen Dinge, und sie badeten im See und stiegen auf die Berge, und Bettina machte wunderschöne Zeichnungen. Die ganze Küche hing voller Zeichnungen von Blumen und Vögeln, von Porträts von Lorenzo, ich muss sie noch irgendwo haben, ich habe sie abgenommen, weil ihr Anblick Quintún so traurig gemacht hat, dass ich sie wegpacken musste, aber irgendwann hänge ich sie wieder auf. Die beiden waren wie zwei Ziegen, von morgens bis abends sprangen sie über Stock und Stein. Sie waren unzertrennlich. Zuerst waren die Deutschen nicht besonders begeistert, aber mit der Zeit freundeten sie sich mit uns an. Es war schwer, meinen Sohn nicht zu mögen, und als sie ein Jahr später nach Deutschland zurückmussten, sagten sie, na schön, das war's, und fielen aus allen Wolken, als ihre Tochter einen Aufstand machte. Nicht im Traum würde sie nach Deutschland zurückkehren.«

Saqui saß mir gegenüber, die Hände flach auf dem Tisch, den Blick in ihrer Geschichte verloren. Jetzt sah sie mich an.

»Sie sagte ihnen, sie würde bei Lorenzo bleiben, und war nicht davon abzubringen. Es gab endlos Tränen und Streit. Sie war stur wie ein

Maulesel, die kleine Gringa. Die Deutschen wussten nicht, was sie machen sollten. Und weißt du, was die beiden verrückten jungen Leute da taten? Damit die Eltern begriffen, dass sie es ernst meinten, haben sie geheiratet. Die Hochzeit war im Frühling, wenn das Wasser eiskalt aus den Bergen heruntergerauscht kommt. Die kleine Gringa war neunzehn. Mein Lorenzo füllte eine Vase mit Tremún-Blüten. Ein roter Strauß, feuerrot. Er stellte ihn unter ihr Fenster. Später hat sie diesen Strauß noch oft gemalt.«

Saquis Satz *Sie steckten ständig zusammen, so wie ihr beide,* ging mir nicht mehr aus dem Kopf. Als ich sie besser kannte, wusste ich, dass die Zeit für Saqui nicht wie für andere Menschen war. Manchmal erfasste sie Dinge, die noch gar nicht passiert waren.

»Am Ende des Winters wurde Tharo geboren. Bettina und Lorenzo hatten sich nicht weit von hier ein Häuschen gebaut und lebten jahrelang sehr glücklich, bis Stephan Zasiok das Haus kaufte, das vorher die Deutschen gemietet hatten. Dieser Mann hatte ein Auge auf die kleine Gringa geworfen, seit er sie das erste Mal gesehen hatte. Er strich ständig unter irgendeinem Vorwand um sie herum. Das machte Bettina nervös, und sie erzählte es Lorenzo. Wozu tat sie das bloß? Lorenzo war heißblütig. Er stellte Zasiok im Dorf zur Rede. Aber der andere war mächtig, hatte Freunde bei der Polizei. Lorenzo wurde verhaftet, weil er ihm gedroht hatte, Zasiok erstattete falsche Anzeigen und ließ ihn einsperren, wie es ihm gerade passte. Drei Jahre ging das so. Drei Jahre Streit. Bis er ihn kleingekriegt hat.«

An dieser Stelle der Erzählung verfiel Saqui in ein Schweigen, das auf der Luft in der Küche zu lasten schien. Das Matewasser war kalt geworden, und sie stellte den Wasserkessel aufs Feuer. Ich dachte, sie würde weitererzählen, aber sie stellte mir nur eine Frage.

»Hat mein Wölfchen dir irgendwas von all dem erzählt?«

Als ich nein sagte, setzte sie sich wieder hin, legte die Hände in den Schoß und blieb eine ganze Weile wortlos sitzen.

»Jeder wählt selbst aus, auf welche Weise er sein Herz öffnen will«, sagte sie. »Beinahe hätte ich zu viel erzählt.«

»Aber was ist mit Tharos Eltern passiert?«

»Das ist eine sehr traurige Geschichte, Herzchen, ich weiß gar nicht, warum ich davon angefangen habe. Ich finde, das soll dir mein Enkel selbst erzählen, wenn er soweit ist. Es war sehr unbedacht von mir.«

Und sie strich mir mit ihrer warmen Hand übers Gesicht.

»Heute ist er ganz früh los, um eine neue junge Stute abzuholen. Wenn er nicht auf der Koppel war, muss er jeden Moment dort ankommen.«

Bis zu diesem Augenblick hatte ich nicht überlegt, wozu ich zu Saqui gegangen war. Als ich zur Koppel lief, musste ich mir eingestehen, dass ich vom ersten Moment an eigentlich Tharo hatte sehen wollen.

11

Die Stute drückte sich an den Zaun und sah mit gespitzten Ohren zum Horizont. Sie wieherte leise, und ihre Beine zitterten. Sie war tiefbraun mit sehr glänzendem Fell und hatte einen leuchtend weißen Stern auf der Stirn. Tharo kam, um mir hallo zu sagen.

»Ich habe sie gerade geholt. Sie ist noch ganz jung, eben erst von der Herde getrennt«, sagte er. »Sie kapiert noch gar nicht, dass es mich überhaupt gibt.«

Und wie um mir das zu beweisen, ging er wieder zu der Stute, deren Blick weiterhin auf den Horizont gerichtet war. Eine meiner Geschichtslehrerinnen in der Schule hatte uns erzählt, als Kolumbus in Amerika ankam, hätten die Indios nicht gesehen, wie sich die Karavellen der Küste näherten. Sie sahen aufs Meer, aber sie hatten sie nicht gesehen, weil sie etwas, das in ihrer Welt nicht existierte, etwas, für das sie keine Bezeichnung und keine Erklärung hatten, nicht sehen konnten. Mir kam es so vor, als wäre Tharo für die Stute so etwas wie Kolumbus' Karavellen für die Indios. Es war, als existierte er für sie gar nicht. Tharo ging zu ihr, und als er direkt vor ihrer Nase stand, stampfte er mit dem Fuß auf. Sie warf überrascht den Kopf zurück. Wich zurück.

»Ich nehme ihr den Platz weg«, sagte Tharo zu mir.

Die Stute versuchte, ihn zurückzuerobern. Tharo vertrieb sie wieder mit einem Aufstampfen.

»Pferde haben ganz klare Hierarchien«, erklärte er. »Dieser Platz gehört jetzt mir«, sagte er zur Stute.

Sie wollte ihren Platz unbedingt zurückhaben, und er vertrieb sie immer wieder, indem er sich vor sie stellte und sie zum Zurückweichen zwang. Er ließ sie nicht aus den Augen. Sein Körper schien zu wachsen, als nähme er mehr Raum ein, um sich gegen sie durchzusetzen.

»Das mag sie gar nicht. Aber du wirst schon sehen.«

Und nachdem Tharo diesen Kraftakt ziemlich oft wiederholt hatte, gab er den Platz auf und kam auf mich zu. Es lag etwas Kalkuliertes in seinen Bewegungen, als wüsste er genau, was er mit seinem Weggehen auslöste. Die Stute folgte ihm mit leicht hängendem Kopf. Er ging ganz langsam weiter, kam lächelnd auf mich zu. Noch nie hatte ich ihn so strahlen sehen.

»Wie heißt sie?«, fragte ich.

»Ainara. Gefällt dir der Name?«

»Ja.«

»Das bedeutet Schwalbe. In der Sonne sieht sie aus wie ein schwarzer Stein im Wasser, weißt du? Und dieser Stern auf ihrer Stirn. Ich finde, sie hat auch im Charakter etwas von einer Schwalbe. Die sind auch so kampflustig.«

Ainara blieb ihm dicht auf den Fersen und streckte den Kopf vor, um an ihm zu schnuppern. Er drehte sich mit der ausgestreckten Hand um, um sie zu berühren.

»Kämpferin.«

Sie wich schnaubend zurück. Er ging wieder auf sie zu. Sie wich weiter zurück. Doch als er stehen blieb, war sie diejenige, die auf ihn zukam und mit dem Maul seine Hand suchte. Er hörte nicht auf, mit ihr zu reden.

»Gut. Gut machst du das«, sagte Tharo. »Du und ich, wir werden uns sehr liebhaben.«

Ich spürte, wie mir die Röte ins Gesicht schoss. Eine Sekunde lang hatte ich gedacht, er spräche mit mir.

»Versuchst du, sie zu erobern?«

Tharo antwortete mir nicht, weil Ainara gerade an den Rand der Koppel trabte und in sanftem Galopp Kreise zu beschreiben begann, immer dicht an der Umzäunung entlang. Als Tharo ihr in den Weg trat, machte sie kehrt und galoppierte in die andere Richtung. Auch das machten sie mehrmals, bis Ainara schließlich stehen blieb und seine Hand suchte.

»Ich versuche eher, sie für mich einzunehmen«, antwortete Tharo. »Ich zeige ihr, dass sie mir vertrauen kann.«

Ainaras Ohren waren gespitzt und ihr ganzer Körper gespannt, als wäre sie bereit, jeden Moment rasch davonzulaufen.

»Sie möchte mich verstehen. Sie ist sehr aufmerksam, siehst du?«

Für mich war es, als würde er sie auf die Probe stellen. Momentan schien er sich auf eine Weise zu verhalten, die ihr nicht missfiel. Tharo holte ein Halfter, das aus einem Seil geknotet war. Ainara trabte um die Koppel herum, und er trat ihr in den Weg und warf ihr das Seilende leicht über den Hals oder den Rücken. Sie reagierte mit Zittern, und Hals und Kruppe färbten sich dunkel vor Schweiß. Er ließ nicht locker. Einmal und noch einmal. Ohne ungeduldig zu werden, als hätte er alle Zeit der Welt.

Vor Jahren, etwa mit neun, hatte ich einmal eine Zähmung gesehen. Die an den Pfosten gebundene Stute bockte und schlug verzweifelt aus, um sich zu befreien. Aus ihrem Maul lief Blut, und ihre Augen waren vor Schreck weitaufgerissen. Auf der anderen Seite des Drahtzauns wieherte ihr Fohlen und lief am Zaun auf und ab. Ich war voller Empörung gegen den Zureiter mit seinen Sporen und seiner Reitgerte und seinem überlegenen Getue. Als er aufsaß, begann ich zu beten, die Stute möge ihn abwerfen. Was Tharo machte, war etwas komplett anderes, und ich hatte Angst, die Stute könnte ihn verletzen. Sie war viel größer als er, verteilte Tritte und Kopfstöße, aber Tharo hatte keine Angst vor ihr, hörte nie auf, mit ihr zu reden, und wenn er irgendwo stehen blieb, dann mit spürbarer Entschiedenheit. Diese körperliche Sicherheit vermittelte eine Art von Ruhe, die ich nicht kannte. Er ging auf sie zu, wirbelte das Seil durch die Luft und ließ es auf sie fallen wie in einem festgelegten Tanz. Ainara bockte ein bisschen, schüttelte den Kopf, so dass ihre lange Mähne in der Sonne leuchtete. Er redete mit ihr, zog das Seil zurück und ging mit ausgestrecktem Arm und offener Hand auf sie zu, um sie zu streicheln. Sie wich zurück. Plötzlich ließ sie ihn herankommen und erlaubte ihm, sie zu streicheln. Ein einziges Mal, dann wandte sie sich wieder ruckartig ab.

»Ich muss sie desensibilisieren«, erklärte er. »Sie ist sehr handscheu, siehst du?«

Er berührte sie, und sie zitterte, schlug leicht aus, wurde aber immer umgänglicher. Wenn sie zu schwierig wurde, kehrte er ihr den Rücken zu und kam auf mich zu. Er brauchte nur ein paar Schritte zu machen, schon folgte sie ihm, näherte sich ihm schüchtern von hinten. Tharo drehte sich um, und dann wich sie jedes Mal wieder zurück. Wenn sie voreinander standen und sie ruhig blieb, ohne ihn aus den Augen zu lassen, dachte ich, sie würde gleich auf ihn losgehen, aber es war wieder so, als würde sie ihn taxieren.

»Was sagst du dazu?«, fragte mich Tharo breit lächelnd, er war so glücklich, dass seine Augen glänzten. »Mir kommt es so vor, als würde sie allmählich Vertrauen fassen.«

Ich war mir da nicht so sicher, aber ich musste zugeben, dass die Phasen des Streichelns immer länger wurden. Jetzt waren es nicht mehr bloß kurze Berührungen. Tharo streichelte sie von den

Lippen bis zur Stirn, kraulte sie ein bisschen hinter den Ohren, strich ihr über den Hals und gelangte manchmal sogar bis zur Kruppe, ohne dass sie sich entzog. Ich verfolgte die sicheren Berührungen. Ainara ließ ihn nicht aus den Augen und schien gleich buckeln zu wollen, ließ ihn jedoch gewähren. Plötzlich und ohne Vorwarnung riss sie den Kopf hoch und brach aus, galoppierte ein paarmal hochmütig auf der Koppel herum. Tharo setzte sich gleichzeitig in Bewegung, trat ihr mit ruhigem Schritt in den Weg, wieder ganz sanft, wie um ihr zu sagen: »Hier bin ich, ich bin nicht fort.«

Sie führten eine Art Choreographie miteinander auf. Aber in meinen Augen war ihm die Stute haushoch überlegen. Mit einem einzigen dieser Fußtritte konnte sie Tharo den Schädel zertrümmern.

Als er sich mit seiner Arbeit zufriedengab, waren wir gut vier Stunden auf der Koppel gewesen.

»Jetzt lassen wir sie laufen, und ich lade dich zum Lammbraten ein, den Saqui gemacht hat«, sagte Tharo.

Er war ganz staubig, und als wir nebeneinander zur Pferdeweide gingen, roch er nach einer Mischung aus Schweiß und Erde und diesem anderen, so schwer zu beschreibenden Geruch, der von den Pferden ausgeht, wie nach Heu und Schweiß. Wir gingen dicht nebeneinander her, und ich hätte gern seine Hand genommen. Er sah mich an und schien etwas sagen zu wollen, blieb aber stumm.

12

»Oh, du bist ja ganz staubig«, sagte Saqui, als wir die Küche betraten. »Geh dich gleich waschen, das Mittagessen ist längst fertig.«

Tharo ging zu seiner Großmutter und nahm ihr Gesicht zwischen die Hände.

»Nimm die Pfoten da weg«, protestierte sie lächelnd. »Er war offenbar mit einem neuen Pferd zugange«, sagte sie zu mir, sobald er durch den Flur verschwunden war.

Bunt durcheinander erzählte ich ihr von den Dingen, die ich ihren Enkel auf der Koppel hatte tun sehen. Sie kannte sie bestimmt in- und auswendig, aber ich musste mit jemandem darüber sprechen. Wir deckten den Tisch, ich konnte jedoch ihren Blick spüren, wenn ich ihr den Rücken zukehrte, um das Besteck aus der Schublade zu nehmen, oder nach unten sah, um es an seinen Platz zu legen. Selbst wenn sie sich umdrehte, um den Topfdeckel zu heben und die Küche von köstlichen Dampfwolken erfüllt wurde, spürte ich ihre Aufmerksamkeit auf mich gerichtet. Vor lauter Nervosität redete ich ohne Punkt und Komma.

Als Tharo wiederkam, hatte er die nassen Haare zurückgekämmt und im Nacken zusammengebunden, trug ein sauberes T-Shirt und roch leicht nach Seife. Wir setzten uns zum Essen.

Auch er erzählte seiner Großmutter die Neuigkeiten.

»Sie ist sehr handscheu«, sagte er. »Sie hat empfindliche Vorderbeine und Flanken wie ein Erdbeben. Ich glaube, morgen muss ich mir den ganzen Vormittag Zeit nehmen, um sie zu desensibilisieren.«

Dieses Wort hatte ich vorher noch nie gehört. Er sprach von anderen jungen Stuten, die er gezähmt hatte, von einem wilden Deckhengst, der vor einigen Jahren die Koppel niedergetrampelt hatte, von den Chilenen, die ihm in den nächsten Tagen mehrere Tiere bringen wollten. Das ganze Gespräch drehte sich um die Pferde, bis Saqui von Tatiana anfing, einer alten Stute, die Quintún gezähmt hatte und die sehr krank war.

»Er hat sich in den Kopf gesetzt, sich von ihr zu verabschieden«, sagte sie.

Tharo hörte auf zu essen und starrte auf seinen

Teller, die Hände auf die Beine gestützt. Er schien zu überlegen.

»Ich kann ihn hinbringen«, sagte er schließlich.

»Er kann fast nicht mehr gehen«, wandte Saqui ein.

»Ich kann Tatiana zur Koppel bringen und ihn huckepack hintragen.«

Jetzt war Saqui am Überlegen.

»Schafft das alte Mädchen das?«

»Wenn ich sie langsam hinführe, schon.«

»Und der alte Junge?«, fragte Saqui.

Sie lachten, aber dann sahen sie sich eine Weile wortlos an, ganz ernst, und schließlich nickte Tharo, als würde er in etwas einwilligen, das sie während des Schweigens vereinbart hatten.

»Heute Nachmittag hole ich die Tatiana. Sie kann über Nacht auf der Koppel bleiben. Und morgen bringe ich Großvater hin.«

»Kann ich mitkommen?«, hörte ich mich fragen.

Ich hatte gleichzeitig an andere Dinge gedacht: Ich musste mit Lucía und Maite über Zasiok reden, dass es vielleicht nicht so gut war, dass sie mit ihm an den See gefahren waren, ich musste Petra suchen, um es ihr zu erzählen. Aber anstatt zu planen, wie ich meine eigenen Vorhaben verwirklichen wollte, hatte ich gerade Tharo gebeten, ihn begleiten zu dürfen. Die Worte waren mir so herausgerutscht, als würden Tharo und ich, wie Saqui gesagt hatte, schon seit langem ständig zusammenstecken. Beide sahen mich stumm an. In mir wollte gerade tiefe Beschämung hochsteigen, da antwortete Tharo: »Gute Idee.«

Ich würde schon Zeit finden, mich um die anderen Dinge zu kümmern.

»Ich sag's gleich meinem Großvater, und dann gehen wir die Tatiana holen«, fügte Tharo hinzu.

Ich hätte ihn gern gefragt, ob er fand, dass man Maite und Lucía zurückholen sollte, aber ich hatte nicht den Mut. Dass Saqui mir das mit Zasiok erzählt hatte, erzeugte in mir das Gefühl, etwas über Tharos Leben zu wissen, das ich eigentlich nicht hätte wissen sollen.

13

Die Idee, ihn zu zweit zu tragen, kam von mir, und so bauten wir den Sitz für ihn: eine Vier mit dem rechten Arm, meine linke Hand auf Tharos Unterarm, er spiegelverkehrt; seine linke Hand lag heiß auf meinem Unterarm. Wir bückten uns, damit Quintún sich auf das Quadrat setzen konnte, das wir mit den Unterarmen bildeten, und brachen zur Koppel auf. Ich war überrascht, dass ein Erwachsener so leicht sein konnte, auch wenn ich nun sah, dass er nur Haut und Knochen war. Quintún wog so viel wie ein Sechsjähriger. Er legte mir den dünnen Arm um den Nacken, und ich spürte an meinem Hals seine raue Hand, die ein wenig kalt war, aber entschlossen, nicht zu fallen. Er gab einen leisen, abgehackten Singsang von sich wie das Glucken einer Henne, mit Worten, die ich nicht verstand, die aber einen sanften Klang hatten. Tharo und ich streckten den Kopf vor, um uns sehen zu können. Er sagte, diese seltsame Reise, auf unseren Armen sitzend, sei seit langer Zeit das Erste, was sein Großvater anscheinend begreifen konnte. Wir lächelten uns verschwörerisch an.

Tatiana stand noch dort, wo wir sie gelassen hatten, mitten auf der Koppel, mit langgestrecktem Hals, gesenktem Kopf und geschlossenen Augen. Doch als wir näherkamen, hob sie den Kopf und sah uns an oder vielmehr sah sie Quintún an, denn er hatte den Blick auf sie geheftet, und eine Sekunde lang kam es mir so vor, als würde sein Körper auf meinen Armen schwerer. Er richtete sich auf, löste die Hand von meinem Nacken und streckte den Arm in Richtung seiner Stute aus, so wie Kinder, die noch nichts sagen können, wenn sie etwas wollen. Tatiana kam langsam auf den Zaun zu und wieherte leise.

Als wir hineingingen, rührte sie sich nicht. Wir setzten Quintún so ab, dass er sich an der Flanke seiner Stute abstützen konnte. Seine Beine zitterten, aber er beugte sich zu ihr und schmiegte das Gesicht an ihren Hals. Er begann leise mit ihr zu reden, und sie drehte den Kopf, um ihn zu berühren. Sie bewegte die Ohren und schnaubte leise, so dass ihre Lippen flatterten.

»Ich will aufsitzen«, sagte Quintún.

Tharo sah mich an. Ich dachte, er würde es ihm

abschlagen. Aber er nickte. Wir setzten ihn zuerst seitlich auf Tatianas Rücken, erst dann begann Tharo, ihn ganz sachte zu drehen, schob sein Bein auf die andere Seite und half ihm, sich aufzurichten. Tatiana rührte sich kein einziges Mal. Sobald Quintún rittlings saß, setzte er sich ganz gerade hin, als hielte ihn eine unbekannte Kraft da oben fest. Er lächelte. Tatiana hielt den Kopf ebenfalls gerade. Beide schienen auf einmal wieder jung zu sein, jung und stolz, und das Glück, das sie ausstrahlten, machte sie unzertrennlich.

14

Diese Nacht war seltsam für mich. Als ich mich schlafen legte, war ich erfüllt von den Bildern des Tages, glücklich, wachte aber um vier Uhr morgens aus einem Traum auf, in dem Pablo am anderen Ufer eines Flusses stand. Wir sahen uns an, und ich fuchtelte mit den Armen und rief nach ihm, konnte ihn aber nicht auf mich aufmerksam machen. Dieser Fluss zwischen uns brachte mich zum Weinen. Ich setzte mich im dunklen, leeren Zelt hin und startete einen weiteren Versuch, ihm beim Schein der Taschenlampe den Brief zu schreiben. Auch diesmal scheiterte ich schon wieder an der Anrede. Was wollte ich ihm sagen? Ich hatte gedacht, es würde mir nichts ausmachen, allein im Lager zu sein, aber alle paar Minuten verharrte ich reglos und meinte, vor dem Zelt Bewegungen wahrzunehmen, Schritte, ein Wesen, das immer weniger zu hören war, je mehr ich die Ohren spitzte. Ich knipste die Taschenlampe aus und rollte mich im Schlafsack zusammen. Ich hatte

Angst, wusste aber nicht genau, wovor. Noch nie war mir eine Nacht so lang vorgekommen. Ich schlief bei den ersten Sonnenstrahlen ein.

Wenige Stunden später wusch ich die Frühstückstasse ab. Trotz der kalten Luft war die Sonne auf meinen Schultern schon stechend, und am See war es an diesem Morgen ganz besonders still.

»Dal.«

Tharos Stimme hinter meinem Rücken jagte mir einen Schreck ein. Ich sah ihm gleich an, dass etwas passiert war.

»Mein Großvater ist gestorben«, sagte er.

So direkt, ohne Umschweife. Während ich auf ihn zuging, konnte ich meine Füße nicht spüren und merkte, dass sie eiskalt waren. Meine Zähne begannen zu klappern. Ich wusste nicht, was ich tun sollte. Ich wollte ihn umarmen, blieb aber vor ihm stehen und konnte mich nicht rühren. Ich überlegte, was ich sagen sollte, Sätze, die ich gehört hatte oder von denen ich, warum auch immer, wusste, dass man sie bei solchen Gelegenheiten sagt. *Bei solchen Gelegenheiten*, als könnte Quintúns Tod dasselbe sein wie der Tod irgendeiner anderen Person. Die Worte, die mir in den Sinn kamen, waren mir fremd, und ich fand nicht den Mut, sie auszusprechen. Viel später begriff ich, dass es Worte waren, die zu trösten versuchten, und dass es nicht das war, was Tharo wollte. Er wollte keinen Trost. Das sagte er in diesem Moment nicht, aber ich wusste es. Er war gekommen, damit ich ihn begleitete. Das Zittern in meinem Körper wich dem Schmerz, als wäre Tharos Schmerz so groß, dass ich ihn mittragen musste. Und das Einzige, was ich zustande brachte, war, zu ihm zu gehen und meine Wange an seine zu drücken. So etwas hatte ich noch nie getan. Mit seitlich herabhängenden Armen stand ich ganz dicht bei ihm und legte meine Wange an sein nasses Gesicht. Und so blieben wir stehen, atmeten, schwiegen. Ich weiß nicht, wie lange.

Dann pflückten wir einen Strauß Wildblumen, den ich zu Quintúns Totenwache mitbringen wollte. Doch als wir bei Saqui waren und nacheinander die Verwandten und Freunde der Familie eintrafen, fühlte ich mich fehl am Platz. Zwischen ihnen gab es eine Weise, zu sprechen und sich zu begrüßen, die mir fremd war, und obwohl ich in Tharos und Saquis Nähe sein wollte, vertrieben mich die Blicke. Alle, wirklich alle schienen zu wissen, dass ich nicht von hier war. Nach einer Weile kehrte ich zu unserem Zelt zurück.

15

Petra tauchte auf, als die Sonne unterging, genau rechtzeitig, denn ich dachte bereits voller Angst an die lange Nacht, die mir bevorstand. Wir machten Feuer, bereiteten ein kleines Abendessen, und ich wickelte mich in eine Decke. Petra hatte mir viel zu erzählen. Das hatte sie angekündigt, kaum dass sie mich gesehen hatte, sagte aber nichts, bis wir sicher waren, dass das Holz brennen würde.

»Ich war auch am versteckten See«, berichtete sie. »Weil ich aufpassen wollte. Zuerst war der Aufstieg leicht, aber nachher nicht mehr. So geht's mir immer: Ich habe einen Plan im Kopf, und irgendwie denke ich, ich hätte ihn schon ausgeführt. Hast du gemerkt, dass mir ständig Sachen kaputtgehen?«

Petra zufolge war ihre Ungeschicklichkeit eine Frage der zeitlichen Abfolge. Sie wollte nach etwas greifen und hatte es in ihrer Vorstellung bereits ergriffen. Wenn sich zwischen ihrer Hand und dem Gegenstand etwas anderes befand, gab es ein Malheur. Ich wollte ihr sagen, dass sie mir sehr geschickt vorgekommen war, als sie die kleinen Äste zusammengebunden hatte, doch sie redete hastig weiter.

»Manchmal ist das nicht so schlimm, wie in Samborombón, als ich den ganzen Tomatensalat über den Motor gekippt habe. Aber stell dir mal vor, du bist überzeugt, du wärst schon oben auf einem Berg und würdest gleich einen versteckten See sehen, dabei liegen noch sechs Stunden Fußmarsch vor dir und der Berg wird so steil, dass du dich an jedem Grashalm festhalten und hochziehen musst. Und dann noch mit so einem schweren Rucksack.«

Petra zog den Halsausschnitt ihres T-Shirts zur Seite und zeigte mir einen roten Striemen auf der Haut.

»Die Gurte kamen mir vor wie aus Eisen. Von den Felsen lösten sich ständig kleine Steine und rollten nach unten und blieben nie wieder liegen. Ich hörte sie ewig rollen und stellte mir vor, dasselbe könnte mit mir passieren. Da vertraute ich mich den Berggeistern an. Glaubst du, dass es Berggeister gibt?«

Ich sagte, ich hoffte schon. Jetzt, inmitten der

Stille des Sees und mit Petras Stimme und dem Zischen und Knistern des Feuers als einzigen Geräuschen fiel es mir leichter, an sie zu glauben.

»Gib mir deinen Teller, ich tu dir auf. Da oben ist es noch stiller als hier. Geräusche tauchen ganz plötzlich auf, und man weiß nicht, woher sie kommen, sie werden von den Felsen zurückgeworfen und sind nicht mit den Dingen verknüpft, die sie verursachen. Manchmal hörte ich einen Wagen und dachte, es wäre Zasioks Pick-up, der den Berg hochfährt. Wusstest du, dass die Bergführer in den Anden genug Kraft in den Fingerspitzen haben, um sich irgendwo festzukrallen und damit ihr gesamtes Körpergewicht hochzuziehen? Ich brauchte beide Arme, um mich Stück für Stück hochzuhieven. Und es gab ganze Abschnitte, die ich auf allen vieren zurückgelegt habe. Von da oben war der Rauchfaden des Feuers auf unserem Lagerplatz zu sehen. Und noch einer weiter drinnen im Wald, der von einem Haus stammen muss.«

»Da wohnen die Großeltern meines Freundes Tharo.«

Ich wollte ihr sagen, dass Quintún gestorben war, behielt es aber für mich. Ich war gern hier und hörte ihr zu, in eine Decke gewickelt, langsam essend, während sie sich Zeit ließ. Ihre Stimme, die mich vorher so gestört hatte, war jetzt verändert, tiefer als vorher, als wäre sie dazu gemacht, Geschichten zu erzählen.

»Irgendwann setzte ich mich auf einen Felsvorsprung und sah mir die Landschaft an. Ich hatte das Gefühl …« Sie unterbrach sich.

»Was ist?«

»Es ist mir peinlich, es dir zu sagen.«

»Weswegen?«

»Du wirst mich auslachen.«

»Ich verspreche dir, nicht zu lachen.«

»Ich hätte mich am liebsten in einen Stein verwandelt, der bis in alle Ewigkeit die Welt von da oben betrachtet. Warte.« Petra zog einen Zettel aus der hinteren Hosentasche und las vor: »Ein Stein, der nicht den Schmerz und den Hunger spürt, die an meinem Herzen nagen. Der sich nicht daran erinnert, was ich im Leben wollte, bevor ich zu einem Teil des Berges wurde. Auf dessen Rücken die Tiere und Vögel ihre Spuren hinterlassen.« Sie steckte das Papier wieder in die Tasche. »Wusstest du, dass die Steine im Sommer so heiß werden, dass man ein Spiegelei darauf braten kann?«

»Ich wusste nicht, dass du schreibst. Ich schreibe auch.«

»Ich schreibe nicht. Ich halte nur meine Wünsche fest. Damit sie in Erfüllung gehen. Manchmal auch ein blödes Erlebnis, und dann verbrenne ich den Zettel.«

Als sie weitererzählte, was sie am versteckten See gesehen hatte, wirkte sie wie in Trance. Sie war vor den anderen angekommen. Sie verstand nicht, wie das sein konnte, und nahm an, dass sie jeden Moment eintreffen würden, aber ihre Neugier auf die Schutzhütte war größer als die Angst, beim Schnüffeln erwischt zu werden. Immer auf das Motorengeräusch des Pick-ups lauschend, sah sie sich an der Hütte um.

»Sie ist nicht sehr groß. Durchs Fenster sah ich zwei Dreierstockbetten, einen etwas schiefen Tisch und blaue Hocker, die in der Gegend herumlagen. Dann versteckte ich mich mit meinem Fernglas zwischen den Bäumen und wartete. Sie kamen am Spätnachmittag. Ich hatte sie viel früher erwartet. Wer weiß, was sie unterwegs gemacht haben. Ich hätte schwören können, dass Zasiok kein Angler war, aber ich täuschte mich. In der Abenddämmerung stellte er drei Angelruten auf, zwei mit Blinkern und seine eigene mit Fliege.«

Plötzlich schien sie sich an etwas zu erinnern, das sie vorher vergessen hatte.

»Lucía hatte deine blaue Jacke an. Sie war schön. Wunderschön.«

»Ich hole Wasser, um einen Mate zu kochen«, sagte ich.

Es war mir unangenehm, dass Petra so von Lucía redete und ein Gesicht machte, als hätte sie eine Vision. Ich holte Wasser aus dem See, legte Holz nach und stellte den Wasserkessel aufs Feuer. Petra war aufgestanden und ahmte Zasiok beim Angeln nach.

»Er gehört zu den guten Anglern. Er zog sich die Wathose an und stellte sich fast bis zur Taille ins Wasser. Als er die Angelschnur auswarf, streifte die Fliege kaum das Wasser. Maite und Lucía probierten das Angeln nicht mal aus, sondern sahen ihm staunend zu. Du kannst dir nicht vorstellen, was für eine Show er abgezogen hat. Die Angelschnur flog nach hinten und wieder nach vorn, *wusch, wusch*, und verhedderte sich nie. Als ein Fisch anbiss, begannen die beiden zu kreischen und rannten angezogen in den See. Die Forelle sprang durch die Luft, versuchte sich mit allen Mitteln vom Haken zu lösen, und zuerst ließ Zasiok sie glauben, sie hätte es geschafft, aber dann zog er sie mit einem Ruck aus dem Wasser, immer wieder. Als sie müde wurde, gab er die Angel Maite und umarmte sie von hinten, um ihr zu helfen. Sie sahen aus wie ein Tier mit zwei Köpfen, während sie langsam bis ans Ufer zurückwichen und die Forelle mitzogen. Sie hatte das Kämpfen aufgegeben und sah tot aus, aber als sie sie aus dem Wasser holten, schlug sie verzweifelt mit dem Schwanz. Zasiok donnerte ihr einen Stein auf den Kopf, um sie zu erlösen. Dann machte er ein Feuer, Maite und Lucía zogen sich die Hosen aus, um sie zum Trocknen aufzuhängen, und wickelten sich Decken um die Beine. Sie liefen herum wie Nymphen, und Zasiok bekam Stielaugen. Dann aßen sie und tranken Bier. Ich war völlig ausgehungert. Der Duft der gegrillten Forelle ließ meinen Magen knurren.«

An dieser Stelle der Erzählung trank Petra mehrmals hintereinander Mate, als lasse die Erinnerung sie wieder hungrig werden.

»Erst als es stockdunkel war, gingen sie in die Schutzhütte. Gestern schien der Mond nicht besonders hell. Sie begannen, im Licht der Gaslaterne Karten zu spielen. Ich beobachtete sie durchs Fenster. Es machte den Eindruck, als hätte Zasiok sich endlich für Maite entschieden. Beim geringsten Anlass stupste er sie an und sie ihn auch, völlig idiotisch, sie zogen sich gegenseitig Karten heraus, schoben sich Bohnen zum Zählen zu, nutzten jede Gelegenheit, um sich zu berühren. Sie sahen aus wie Vögel beim Paarungstanz. Lucía gähnte schon. Irgendwann stand sie auf und kam heraus, um sich die Zähne zu putzen. Als sie in den Schlafsack kroch, verzogen sich die beiden anderen an den See. Ich war zwischen den Bäumen versteckt, aber ich konnte ihre Stimmen hören. Sie begannen, sich zu küssen. Von dort, wo ich war, sahen sie aus wie ein einziger Körper. Maite redete mit dieser Piepsstimme, die sie kriegt, wenn sie nervös wird. Dann muss er ihr auf die Pelle gerückt sein, denn sie fing an zu sagen: ›Nein, nein, nein, bitte nicht.‹« An dieser Stelle ahmte Petra Maites Stimme nach. »›Nein, Stephan, nein.‹ Typisch Maite. Sie ließ den Typen glauben, dass sie alles mitmachen würde, und dann zog sie die Notbremse.«

»Das ist ihr gutes Recht, findest du nicht?«

»Vermutlich schon. Aber mir gefällt so was nicht.«

»Dir gefällt nichts von dem, was sie macht, aber stell dir vor, es wäre Lucía gewesen.«

»Lucía wäre nicht so weit gegangen, am Seeufer mit ihm rumzumachen.«

»Doch. Jeder kann so weit gehen und dann beschließen, dass es reicht.«

»Wie du meinst. Er fand es jedenfalls beschissen. Er stand auf und sagte etwas, das ich nicht hörte, aber er war richtig sauer. Und dann gingen sie schlafen.«

Ich dachte, hier wäre Petras Erzählung zu Ende. Aber nein. Was sie mir am dringendsten erzählen wollte, war nicht an diesem Tag passiert, sondern am nächsten Morgen.

»Ich wachte vom Geräusch eines Außenbordmotors auf. Durchs Fernglas sah ich, wie ein Boot über den See aufs Ufer bei der Schutzhütte zusteuerte. Es war noch dunkel. Zasiok kam aus der Hütte gerannt und zog sich hastig die Jacke über. Das Boot legte am Ufer an und ein Typ sprang heraus. Zasiok war ganz aufgeregt. Er fuchtelte mit den Armen und sah ständig zur Hütte, als hätte er Angst, Maite und Lucía könnten ihn entdecken. Der andere war klein und schmächtig, flößte aber Angst ein. Ich weiß nicht, warum er Angst einflößte. Er hatte etwas Gewalttätiges an sich. Zasiok ging kurz in die Hütte und gab ihm dann etwas. Ich konnte nicht erkennen, was es war, und dann fuhr der Typ wieder weg. Gleich danach kam Maite aus der Hütte, und ich schwöre dir, Zasiok stellte sich zwischen sie und das Boot, damit sie es nicht sehen konnte. Das Frühstück war das eiligste in der Geschichte des Frühstücks.«

Und plötzlich, als hätte sie schon die ganze Zeit auf den richtigen Moment gewartet, sah Petra mir in die Augen und sagte mir, sie sei in Lucía verliebt.

»Lucía ist ein Engel, der den Boden nicht berührt. Ich ertrage den Gedanken nicht, dass jemand ihr weh tun könnte, aber meine Phantasie geht mit mir durch. In meiner Vorstellung ist Zasiok eine blinde Schlange, die eine Höhle sucht, in die sie kriechen kann. Deswegen bin ich ihnen bis an den See gefolgt, deswegen habe ich eine Nacht im Freien geschlafen und entsetzlich gefroren und ziemlich Angst gehabt. Ehrlich gesagt hatte ich total Schiss, Zasiok könnte Lucía etwas antun.«

Und im selben Moment, als hätte das Nennen von Lucías Namen die Macht, sie auftauchen zu lassen, hörten wir die Stimme meiner Schwester, die aus dem Wald nach uns rief.

16

Lucía und Maite erschienen mit Paketen, als hätten sie ihre Zeit beim Weihnachtsmann verbracht: Konservengläser, geräucherte Forelle, Strickpüppchen, Häuschen mit Wänden aus Holzschindeln, so wie die Häuser auf der chilenischen Seite der Anden. Sie hatten jede Menge zu erzählen über die Strecke, über die Seen, über einen Freund von Stephan, wie beide ihn jetzt nannten, einen Chilenen, der nahe der Grenze in einem Haus in den Bergen wohnte, das genauso aussah wie die, die er ihnen geschenkt hatte, Häuser mit Holzschindeln, Lucía wollte in so einem wohnen, wenn sie Momo heiratete, der Chilene baute sie eigenhändig, Schindel um Schindel, er war wie ein Uhrmacher, sie hatten ihn arbeiten sehen, denn Lucías Häuschen hatte er erst noch fertigstellen müssen. Petra machte den Mund nicht auf. Ich hätte mir gewünscht, alle wären eine Weile still geblieben, damit ich meine Gedanken ordnen konnte. Maite gab den Ton an, aber Lucía schien ebenfalls überwältigt von den Abenteuern, die sie mit Zasiok erlebt hatten.

»Ich habe Momo einen Brief geschrieben und alles erzählt.«

»Sie ist die halbe Nacht wach geblieben.«

»Ich wünsche mir nun mal so sehr, Momo könnte hier sein, um all das mit mir zu erleben.«

Ich sah aus den Augenwinkeln nach Petra. Es war längst dunkel, und wir redeten beim Schein des Feuers. Petras Augen lagen im Schatten, aber ihr Schweigen bedrückte mich.

In dieser Nacht dachte ich vor dem Einschlafen an unerfüllte Liebe. Was bringt uns dazu, hartnäckig jemanden zu lieben, der unsere Gefühle nicht erwidert? War dieser Hunger nach etwas, das nie eintrat, Liebe? Mir kam das Bild der frischgeborenen Welpen in den Sinn, wenn sie mit geschlossenen Augen ihre Mutter suchen. Pablo für mich und Lucía für Petra – auf ewig unerreichbar. Mit dem Unterschied, dass ich davon überzeugt war, dass es in meinem Fall etwas gab, das ich ändern musste oder das ich an Pablo ändern konnte. Wenn Pablo mich nicht liebte, dann lag der Fehler bei mir. Ich, ich, ich: Alles war so meinetwegen. Das Foto aus Brasilien vermischte sich mit den Erinnerungen an unsere Unternehmungen, die gemeinsamen – für mich eher einsamen – Abende, wenn er tief und fest im Sessel schlief, während ich zu seinen Füßen saß und auf etwas wartete – auf was? Ich sah mich wie ein Zirkushündchen, das vor ihm hochsprang, damit er mich beachtete. Das Zirkushündchen auf den Hinterpfoten, hüpfend, damit es als Belohnung einen Keks bekam. Hüpfen, hüpfen, die Hinterbeine starr machen. Gib mir einen Keks, bittebittebitte. Mit herausgestreckter Zunge. Ich hörte die Atemzüge der anderen im Dunkel des Zelts, Petras ungleichmäßiges Pusten, Lucías leises, rhythmisches Schnarchen, die Unruhe von Maite, die sich die ganze Nacht im Schlafsack wälzte und manchmal im Traum redete, und spürte die Wärme der Tränen, von denen ich nicht einmal recht wusste, warum sie nun flossen. Als würde ich meine Gedanken immer nur auf die Dinge richten, die mir das Leben schwermachten, als hätte ich nichts anderes in Reichweite. Und Tharo? Tharo brachte mich nicht zum Weinen, Tharo löste Freude in mir aus. Warum dachte ich dann nicht an ihn, sondern wollte mich lieber mit Pablo und meiner Einsamkeit und unerfüllten Liebe quälen? *Wollte*? Hatte man darauf überhaupt Einfluss, oder war ich dazu bestimmt zu leiden, als wäre das

Leiden etwas Angeborenes? In der Nacht war der Ruf einer Eule zu hören. Und Tharo? Ob er an mich dachte? Die Beerdigung seines Großvaters fand weit entfernt statt und dauerte drei Tage. Ich hatte die Phantasie, etwas würde sich von mir lösen und über die Baumwipfel zu ihm fliegen.

17

Der nächste Tag war der erste seit unserer Ankunft, den wir alle vier zusammen verbrachten. Den Vormittag über war jede mit sich selbst beschäftigt, aber mittags saßen wir alle auf unseren Baumstämmen um das erloschene Feuer herum, aßen und unterhielten uns, Maite knipste Fotos, und Lucía klinkte sich alle paar Minuten aus dem Gespräch aus, um Momo zu schreiben, worüber wir sprachen, oder etwas, das ihr eingefallen war. Wir aßen die chilenischen Meeresfrüchte, die Maite und Lucía mitgebracht hatten, mit Zitrone und frischer Petersilie, dazu Brötchen, zum Nachtisch Brombeeren mit Sahne, ein Festschmaus. Wir hielten sogar Siesta unter den Bäumen.

Am Nachmittag wollte Lucía keinesfalls in ein Auto steigen, und Petra bot sich an, den Brief an Momo zur Post zu bringen. Ich wollte auch ins Dorf, obwohl ich dort nichts zu tun hatte. Nach der Siesta hatte ich ein wenig schlechte Laune und Lust auf einen Tapetenwechsel.

Hätte ich etwas anderes gemacht, wäre ich am See geblieben oder hätte im Dorf nicht beschlossen, mich am Platz vor der Post auf eine Bank zu setzen, während Petra hineinging, um Lucías Brief aufzugeben, hätte ich nicht gesehen, was ich sah. Diese Vorstellung gefällt mir: wie sich die Dinge miteinander verknüpfen und durch eine winzige Änderung, etwas, das wir tun oder lassen, ohne groß zu überlegen, einen völlig anderen Verlauf nehmen könnten.

Ein kleiner, schmächtiger Mann, der an mir vorbeigehastet war, als wäre der Teufel hinter ihm her, setzte sich in dem Lokal an einer Ecke des Platzes an einen Tisch. Kurz darauf parkte Zasiok seinen Pick-up vor dem Lokal und schoss heraus. Was sage ich *parkte*: Er ließ ihn regelrecht an den Bordstein knallen. Trotz der Entfernung war klar, dass sie sich stritten. Irgendwann sprang Zasiok auf, ging zum Pick-up, kam mit einem Umschlag zurück und warf ihn auf den Tisch. Der Schmächtige nahm ihn rasch an sich. Er klemmte ihn unter den Gürtel und zog sein Hemd darüber.

»Das ist der Typ vom See«, ertönte Petras Stimme neben mir.

Ich hatte sie nicht aus der Post kommen sehen.

Zasiok redete im Stehen weiter. Der Schmächtige stand auch auf. Der Größenunterschied war beachtlich, aber etwas an dem Schmächtigen wirkte bedrohlicher als Zasioks Körpergröße. Es war, als wären seine Füße an den Boden genagelt, und er ließ Zasiok nicht aus den Augen, der irgendwann handgreiflich wurde und ihm einen Stoß verpasste, der jeden aus dem Gleichgewicht gebracht hätte. Aus dem Lokal kam ein Kellner und trennte sie. Einige Schaulustige waren stehen geblieben, und aus dem Lokal trat eine Frau, die sich die Hände an der Schürze abtrocknete.

Zasiok kehrte allen den Rücken und stieg in seinen Pick-up. Offenbar rief er durchs Fenster den Kellner, denn der ging zu ihm, um ein paar Geldscheine entgegenzunehmen. Der Schmächtige blieb stehen, bis der Pick-up um die Ecke bog und außer Sichtweite war.

»Ich wüsste wirklich gern, in was für Machenschaften Zasiok verstrickt ist«, sagte Petra.

»Ich nicht«, erwiderte ich.

Zurück am Lagerplatz, an der Stelle, wo wir immer den Dodge parkten, fanden wir Zasioks Pick-up vor.

»Stephan ist gekommen, um uns zu sich zum Essen einzuladen«, sagte Lucía, sobald sie uns sah.

Zasiok und Maite unterhielten sich am Seeufer.

Der Himmel hatte sich mit dunklen Wolken zugezogen, die die Berggipfel verdeckten.

Petra und ich sahen uns an.

»Es wird ein Unwetter geben. Packt alles gut weg«, sagte Zasiok im Näherkommen.

Maite folgte ihm strahlend.

»Ich bleibe hier«, erklärte Petra.

Ich hätte ihr gern Gesellschaft geleistet, aber ich wollte auch Zasioks Haus kennenlernen. Petra war nicht dazu zu überreden, mit uns zu kommen.

18

Die Stillleben, die in Zasioks Esszimmer hingen, waren schrecklich. Maite ging so in ihrer Romanze auf, dass sie sich verhielt, als hätte sie sie selbst gemalt, und die Details jedes Bildes anpries, doch diese bäuchlings daliegenden Hasen mit Blut auf dem Fell waren nicht die Art Gemälde, die ich bei mir zu Hause aufgehängt hätte. Alles war sehr gut gemalt, die toten Augen, die weiße Brust, so weich, dass man sie gern berührt hätte, die Details des Stricks um die Pfoten, sogar das Funkeln des fleckigen Messers, aber jeden Tag umringt von toten Tieren frühstücken, zu Mittag und zu Abend essen? Nein danke.

Zasiok hatte uns allein gelassen, um »die Vorbereitungen abzuschließen«, wie er sagte. Lucía gefiel ein Bild mit – ebenfalls toten – Rebhühnern, die man auf einen Holztisch geworfen hatte, eines gerupft, die anderen noch mit Federn. Die Pünktchen auf der Haut des gerupften Rebhuhns waren widerlich. Das Schönste an dem Bild war eine in der Mitte durchgeschnittene Paprika in einer Tischecke.

»Die Paprika ist so lebendig, dass man am liebsten hineinbeißen möchte«, sagte Lucía.

»Aber die Rebhühner sind mausetot«, gab ich zurück.

Darüber lachte Maite gerade, als Zasiok mit einer Flasche Sekt und vier Gläsern hereinkam. Er stellte sie auf den Tisch und begann einzuschenken.

»Eure Freundin hat das schönste Lachen, das ich in meinem ganzen Leben gehört habe«, sagte er, als wäre Maite nicht da.

Maite lachte wieder, wie um seine Ansicht zu bestätigen. Sie hätte nur noch das Gesicht hinter einem Seidenfächer verbergen müssen, um sich in die perfekte Geisha zu verwandeln. Als ich später an dieses Essen dachte, ging mir auf, dass Zasiok mir das Gefühl vermittelt hatte, in einem Kinofilm mitzuspielen. Nicht dass er uns Regieanweisungen erteilte, aber es war, als gäbe es ein Drehbuch, an das man sich halten musste, und er schaffte es, dass wir das auch taten. Er setzte sich in Szene und weckte in uns ein fast ehrerbietiges Staunen, als wäre alles völlig außergewöhnlich. Besonders auffällig war, wie übertrieben er Maites Kommentare lobte, wie er auf dem Tisch nach ihrer Hand griff. Schätzchen hier, Schätzchen da. Und sie genoss die Aufmerksamkeit, als wäre es ihre Bestimmung im Leben, auf Schritt und Tritt im Scheinwerferlicht zu stehen. Sie machten keinen Hehl aus ihrer Romanze. Lucía schien es ganz locker zu nehmen, aber mir gingen sie auf die Nerven.

»Magst du keinen Sekt? Willst du Weißwein? Rotwein?«, fragte er mich mehrmals, obwohl ich ihm längst gesagt hatte, dass ich keinen Alkohol trinken wollte.

Es schien ihn nicht besonders glücklich zu machen, wenn Leute seine Angebote nicht annahmen.

Das Essen war kompliziert, aber köstlich. Neben jedem Teller lagen drei unterschiedlich große Messer und Gabeln, alles funkelte, die Teller wurden dampfend und köstlich duftend aus der Küche hereingetragen. Die Frau, die servierte, schien stumm zu sein. Als sie die Teller vom Hauptgang abtrug, stand der Salzstreuer weit von ihr entfernt in der Mitte des Tischs. Sie sah ihn einen Moment lang an, als wäre er ein unerreichbarer Schatz, und spähte aus den Augenwinkeln nach Zasiok. Bestimmt hatte er ihr gesagt, sie dürfte nicht an den Gästen vorbeigreifen. Ich kannte diese Details, weil meine Großmutter extrem großen Wert auf Tischmanieren legte, und die Frau tat mir leid, deshalb reichte ich ihr den Salzstreuer. Bevor sie ihn nahm, blickte sie erneut verstohlen nach Zasiok. Im Drehbuch stand nichts von einem Salzstreuer in der Mitte des Tischs und einem Mädchen, das ihn ihr reichte.

Zasiok war ein guter Geschichtenerzähler. Er war viel gereist und vermochte das Gespräch auf eine Weise zu führen, die die Tatsache, dass er es dominierte, gut überspielte. Beim Nachtisch beschloss er, uns von seinen Angelerlebnissen zu erzählen.

»Sobald die Forelle den Angelhaken geschluckt hat, wird es amüsant«, sagte Zasiok.

Er hatte sich zu mir gebeugt und sah mir tief in die Augen.

»Ein guter Angler hat viele Strategien, damit die Forelle nicht gleich merkt, dass sie am Haken hängt. Sobald sie wild wird, wechselt er die Taktik. Er lässt die Angelschnur locker, bis sie sich wieder frei vorkommt, verändert den Winkel der Angel, lässt sie springen und ziehen, bis sie müde wird. Im richtigen Moment, wenn sie glaubt, die Gefahr wäre vorbei« – er hob den Arm und führte ihn nach hinten, als würde er hier in seinem Esszimmer angeln –, »reißt er wieder an der Schnur. Die Forelle will sich unbedingt losmachen, und er täuscht sie wieder, gaukelt ihr vor, sie hätte sich befreit, lässt ihr wieder Spielraum.« Maite lachte.

»Es ist unglaublich, wie sie zappeln«, sagte Lucía.

Plötzlich war es, als läge die Forelle auf dem Tisch und würde hochspringen und versuchen, sich aus dem Haken zu befreien. Zasiok hatte den Arm noch immer gehoben.

»Früher oder später landet sie am Ufer. Ein guter Angler ist sich sicher und zugleich unsicher. Dieser Widerspruch ist es, der ihn anstachelt. Er tut, was er tun muss, erfindet neue Bewegungen für den jeweiligen Moment, für die jeweilige Forelle, die einzigartig ist, deren Zeitabläufe anders sind als bei den anderen. Es ist wie ein Tanz. Aber über kurz oder lang landet die Forelle am Ufer. Oder im Boot. Und erstickt.«

Warum aßen wir mit diesem Mann? Was war aus unserem Plan geworden, zu viert zu zelten, die Ferien zum ersten Mal allein zu verbringen? Wir hatten gerade den Nachtisch aufgegessen, als ein Blitz alles in weißes Licht tauchte, und wenige

Sekunden später ließ ein Donner die Gläser klirren.

»Jetzt scheint es endlich loszugehen«, sagte Zasiok. »Ihr werdet über Nacht hierbleiben müssen. Habt ihr im Zelt alles gut weggepackt?«

»Ja. Zum Glück hast du uns darauf hingewiesen«, sagte Maite.

Ich wollte nicht in diesem Haus übernachten, aber als der Regen losbrach, war nicht daran zu denken, zum Zelt zurückzufahren. Der Regen schlug so laut aufs Dach, dass wir schreien mussten, um uns verständlich zu machen.

»Was ist mit Petra?«, fragte Lucía.

»Die soll sehen, wie sie klarkommt«, antwortete Maite spitz. »Schließlich wollte sie nicht mitkommen.«

Zasiok schien etwas sagen zu wollen, lud uns jedoch ein, in den Salon zu wechseln. Wir tranken Kaffee am offenen Kamin, in dem ein Feuer brannte, und nicht viel später brachte Zasiok uns in die Gästezimmer. Es gab eins für jede von uns. Die Betten waren bezogen, als hätte er sogar das Unwetter geplant, die Tagesdecken zusammengerollt auf einem Stuhl in der Zimmerecke, die Bettlaken blütenweiß, ein perfektes, an der Stelle umgeschlagenes Dreieck, wo wir ins Bett schlüpfen würden. Auf dem Nachttisch stand ein Kerzenständer mit einer Kerze, daneben lag eine Schachtel Wachsstreichhölzer.

»Bei so einem Gewitter fällt höchstwahrscheinlich der Strom aus«, erklärte Zasiok, bevor er mit Maite und Lucía aus dem Zimmer ging, das er mir zugedacht hatte.

Als hätte die elektrische Anlage nur auf seine Worte gewartet, ließ ein mächtiger Donner die Fenster erzittern, und im nächsten Moment erloschen sämtliche Lichter im Haus. Maites Lachen hallte in der Dunkelheit des Flurs wider.

»Du bist ein Zauberer«, sagte sie.

Zasiok lachte ebenfalls.

»Hast du die Streichhölzer gefunden, Dal?«, fragte er.

Viel später, während die Schatten der Gegenstände im Zimmer im Kerzenschein an der Wand tanzten, merkte ich, dass ich unbedingt mit Lucía reden musste. Ich konnte nicht länger den Mund halten. Ich hatte zwar nicht viel zu berichten, Bemerkungen von Dritten, ein unbehagliches Gefühl, wenn Zasiok in der Nähe war, der Streit mit dem Schmächtigen – nichts Konkretes, denn Saqui hatte nicht zu Ende erzählt, aber plötzlich hatte ich das Gefühl, schon viel zu lange nicht mit Lucía geredet zu haben. In diesem ruhelosen Zustand wollte ich zur Toilette gehen und stieß gegen die Kerze, die zu Boden fiel und erlosch.

Ohne Kerze war es stockfinster bis auf die Blitze, die nun, da das Gewitter allmählich abzog, in immer größeren Abständen aufeinander folgten. Ich war kein bisschen müde. Um die Kerze zu finden, wollte ich meine Taschenlampe aus dem Rucksack holen. Ich tastete mich am Bett entlang und schätzte die Entfernung bis zum Stuhl. Ich ging gebückt, als wäre es näher am Boden schwieriger, sich irgendwo zu stoßen. Lächerlicher Gedanke: Ich prallte mit dem kleinen Finger ans Stuhlbein. Mein Fluch kam aus tiefstem Herzen. Ein paar Minuten später, als ich die Taschenlampe aus dem Rucksack gekramt hatte, knarrten im Zimmer über mir die Dielen. Ich verharrte eine Weile reglos, mit der ausgeknipsten Taschenlampe in der Hand, und lauschte. Ich legte mich auf den Boden, um die Kerze zu suchen, die nirgends zu sehen war. Schließlich entdeckte ich sie im Lichtstrahl, sie war bis an den hinteren Bettpfosten gerollt. Wenn ich mich nicht staubig machen wollte, musste ich wieder unter dem Bett hervorkriechen und von der anderen Seite nach ihr angeln. Das wollte ich gerade tun, als etwas mich stutzen ließ. Im Schein der Taschenlampe hatte etwas geschimmert, das zwischen Matratze und Sprungfederrahmen steckte. Der gelbe Einband eines Heftes. Was machte ein Heft eingeklemmt unter der Matratze? Als ich die Taschenlampe darauf richtete, entdeckte ich, dass es drei waren. Ich zog eines heraus und schlug es auf, ohne mich vorher aufzurichten. In einer nach rechts geneigten Schrift, geschrieben mit schwarzem Füller, stand da: *Bettina, Herbst (1974)*. Ich zog die anderen Hefte aus ihrem Versteck. Bevor ich mich wieder ins Bett legte, sah ich mich zufällig im Schrankspiegel. Da stand ich wie eine Diebin, die Hefte an den Körper gedrückt. Es war nicht in Ordnung, was ich vorhatte. Es war nicht in Ordnung, sich in einem fremden Haus in ein fremdes Bett zu legen und Dinge zu lesen, die nicht für mich geschrieben worden waren. Aber ich konnte nicht anders. Und schon von den ersten Worten an ahnte ich, dass ich mit Lesen nicht würde aufhören können.

19

15/11
Heute sind wir an den versteckten See gefahren. Ich habe ein paar Hocker mitgenommen, um sie anzumalen. Beim Malen hatte ich das Gefühl, dass ich glücklich sein kann. Ich mischte verschiedene Farben und erhielt ein Indigoblau, schrieb aber das Mischverhältnis nicht auf, und als die Farbe alle war, bekam ich denselben Ton nicht mehr hin. Stephan wurde böse. Er sagte, ich wäre nicht systematisch. Was macht es schon aus, wenn die Hocker unterschiedliche Blautöne haben?

Nach dem, was Saqui mir erzählt hat, ist alles sehr viel schwieriger. Es ist, als wäre ich gespalten. Ich beobachte mich von außen und sehe mich um Stephan kreisen. Wenn er aus dem Dorf kommt, laufe ich zur Tür, weil ich weiß, dass er es gern hat, wenn ich ihn begrüße. Dabei habe ich eigentlich gar keine Lust dazu. Mein anderes Ich drückt sich davor, sieht mir zu, verspottet mich. Los, Dummerchen, begrüß dein

Herrchen, leck ihm die Hände ab. Wehe, du lässt den Kopf hängen. Wirb um ihn, spring hoch wie ein Hündchen, sonst bindet das Herrchen dich im Hof fest und gibt dir nichts zu fressen. Ich sehe mir dabei zu. Der Teil von mir, der bei Saquis Worten aufgewacht ist.

Es ist sowieso zu spät, da kann ich machen, was ich will. Stephan wird das, was ihn bislang noch bremst, immer mehr ablegen. Mein ganzer Körper ist auf der Hut. Selbst wenn ich in der Küche das Geschirr abspüle und ihm den Rücken zukehre, spüre ich, wie er hereinkommt und hinausgeht, in den Salon geht, ins Schlafzimmer, zurückkommt, ich weiß, wie weit er von mir entfernt ist und wie lange es dauern kann, bis er bei mir ist. Seine Stimme hat sich auch verändert. Sie ist gepresster. Ich habe Angst vor ihm. Ich weiß nicht, wieso ich erst jetzt merke, dass ich Angst vor ihm habe. Ich weiß nicht, wieso ich mich mit ihm eingelassen habe, wo Lorenzo ihn doch so gehasst hat. Ich vermisse Lorenzo sehr. Ich vermisse meinen Sohn. Ich weiß nicht, wie das alles passieren konnte.

Sie kommt sich auch wie ein Hündchen vor. Sie beobachtet sich auch von außen und führt Selbstgespräche. Noch nie im Leben war es mir passiert, dass ich etwas las und das Gefühl hatte, es könnte auch von mir selbst stammen. Die Dielen knarrten wieder. Im Stockwerk über mir ging jemand vom einen Ende des Zimmers zum anderen. Ich hörte die Schritte weit weg die Treppe herunterkommen und löschte die Kerze.

»Alles in Ordnung, Dal?«, ertönte Zasioks Stimme hinter meiner Tür.

Zuerst wollte ich nicht antworten. Vielleicht konnte ich ihm vorgaukeln, ich würde schlafen. Aber er wusste, dass ich wach war. Ob er das Kerzenlicht gesehen hatte?

»Ich hatte Durst«, redete ich mich heraus.

»Ich bringe dir ein Glas Wasser.«

Wenn es etwas gab, das ich nicht wollte, dann dass Zasiok das Zimmer betrat. Die Schritte entfernten sich. Ich versteckte die Hefte unter der Bettdecke, bevor die Tür aufging und Zasiok mit seiner Taschenlampe in einer Hand und einem Glas Wasser in der anderen hereinkam. Ich versuchte, ihn anzulächeln, aber ich glaube, ich machte eine Grimasse. Ich bedankte mich für das Wasser. Keinesfalls wollte ich seinen Argwohn wecken, aber ich fühlte mich, als stünde mir mit leuchtenden Lettern auf die Stirn geschrieben, dass ich etwas ausgefressen hatte. Ich hätte sogar schwören können, dass er mich scharf ansah und herauszufinden versuchte, was mit mir los war. Er ging erst, als ich das Wasser ausgetrunken und ihm das Glas zurückgegeben hatte.

Es war keine gute Idee, die Hefte dort zu lesen, aber wie hätte ich mich davon losreißen sollen? Ich wartete, bis ich die Schritte im Stockwerk über mir hörte, dann knipste ich die Taschenlampe wieder an. Unter der Bettdecke. Er konnte keinesfalls das Licht sehen, wenn ich unter der Bettdecke las.

16/11
Er hat Sanpaku-Augen. Seine Gesichtshaut spannt sich an, und seine Augen treten hervor. Die Iris wird kleiner, und das Weiße darunter ist zu sehen. Wenn er so aussieht, bekomme ich große Angst.

Saqui hat mich gefragt, wer mir beigebracht hat, mich selbst zu hassen. Sie sagt, das ist nicht natürlich, das Natürliche ist, sich zu lieben. Als sie mir das sagte, merkte ich, dass das stimmt, aber ich wollte nicht darüber reden. Ich will nicht. Lorenzo wusste davon. Am meisten vermisse ich es, bei jemandem zu sein, der weiß, dass ich mich manchmal – viel zu oft – selbst hasse. Mit Lorenzo konnte ich diese Last teilen. Saqui sagt, ich soll eine Reise in die Vergangenheit machen, um einen Teil meiner Seele zurückzuholen, der auf der Strecke geblieben ist. Sie sagt, mit Stephan bin ich nicht vollständig. Ich glaube auch, wenn ich vollständig wäre, wäre ich nicht mit ihm zusammen.

Ich las, bis mir die Augen zuzufallen begannen. Bettinas Tagebücher waren eine zwanghafte Beschreibung ihrer Tage mit Zasiok und der Art und Weise, wie sie sich immer tiefer in eine ausweglose Lage verstrickte. Beim Lesen dachte ich an Pablo und mich, und zugleich wurde Zasioks bedrohliche Gestalt immer größer und nahm immer mehr Raum ein. Der Regen hatte nachgelassen, aber man hörte ihn durch die Dachrinnen rauschen. Ich schlief beim Lesen ein, das Gesicht auf dem offenen Heft und mit angeknipster Taschenlampe.

Als ich aufwachte, war das Licht der Taschenlampe schwach und gelblich geworden. Ich merkte erst nach einer Weile, dass mich das Geräusch eines Wagens geweckt hatte, wankte aus dem Bett und sah aus dem Fenster. Es war noch dunkel, die Dunkelheit der Stunde vor Tagesanbruch, die am undurchdringlichsten von allen zu sein scheint. Wenige Meter vom Fenster entfernt, vor der Eingangstür des Hauses, saß Zasiok im erleuchteten Innenraum seines Pick-up. Die Scheinwerfer strahlten den Dunst an, der vom Boden aufstieg. Das Licht im Wageninneren erlosch, und der Pick-up fuhr auf der Straße davon. Wo wollte Zasiok um diese Uhrzeit hin? Ob er mich am Fenster hatte stehen sehen? Es war ausgeschlossen, dass er von den Heften wusste. Er hätte sie niemals für andere zugänglich dort liegen lassen. Jetzt wusste ich Dinge über ihn, ohne dass er die leiseste Ahnung davon hatte. Ich schlüpfte wieder ins Bett, konnte aber nicht mehr einschlafen.

20

Zum Frühstück war Zasiok mit Croissants und der Zeitung zurück. Es kam mir so vor, als würde er mich argwöhnisch beäugen. Er lud uns ein, den Tag im Haus zu verbringen, denn im Wald sei alles nass und die Sonne würde nicht scheinen, und die beiden anderen waren sofort einverstanden. Ich sagte, ich wollte nachsehen, wie Petra die Nacht überstanden hatte, und brach bei der ersten Gelegenheit auf, mit Bettinas Heften im Rucksack und einer Ungeduld, sie zu lesen, die mich den ganzen Weg bis zu unserem Lager im Eiltempo zurücklegen ließ.

Petra lag in ihrem Schlafsack und starrte ans grüne Zeltdach. Als ich ihr von den Heften erzählte, wollte sie sie auch lesen, und in dem Moment hatte ich damit kein Problem. Wenn ich ein bisschen überlegt hätte, hätte ich es wahrscheinlich nicht gut gefunden, die Privatangelegenheiten von Tharos Mutter auszubreiten, aber meine einzige Sorge war, selbst weiterzulesen, und ich überlegte gar nicht, bis ich Stunden später, während derer Petra und ich schweigend lasen, Tharos Stimme hörte, der von außerhalb des Zelts nach mir rief. Und da war es plötzlich anders: Als hätte Tharo mich dabei ertappt, wie ich ihm etwas Kostbares wegnahm, spürte ich, wie ich rot anlief, knallrot, und bevor ich antwortete, riss ich Petra das Heft aus der Hand und stopfte beide, meines und ihres, unter den Schlafsack.

»Tharo!«

Meine Stimme klang falsch.

Aber mein Herz galoppierte wie wild. Ich war so aufgeregt, ihn da stehen zu sehen, dass ich nicht wusste, ob ich zu ihm laufen und ihn umarmen oder wieder ins Zelt kriechen und den Reißverschluss hochziehen sollte, bis sich meine Scham, meine Freude und die Angst, die meine eigenen Gefühle mir einjagten, gelegt hatten.

Tharo rührte sich nicht. Er sah mich mit schräg gelegtem Kopf an, als wüsste er, was mit mir los war.

»Wie war's bei dir?«, fragte ich, um etwas zu sagen, weil mir das Schweigen schon zu lange dauerte.

Er antwortete nicht gleich. Wie nervös es mich plötzlich machte, dass er sich Zeit ließ.

»Die Leute kamen von überall«, sagte er. »Und bei dir?«

Ich wusste nicht, wo ich anfangen sollte, aber da kam Petra aus dem Zelt und sagte kurzerhand:

»Dal hat Hefte gefunden, die deiner Mutter gehört haben.«

Ich hätte sie umbringen können. Tharo stand da, als hätte man in einer fremden Sprache zu ihm gesprochen.

»Meiner Mutter?«, wiederholte er.

Zum ersten Mal, seit ich ihn kannte, verlor er den Boden unter den Füßen. Ich merkte, dass es ihn große Anstrengung kostete, sich auf den Beinen zu halten. Ich erzählte ihm, wie ich die Hefte gefunden hatte.

»Ich hätte sie nicht lesen sollen. Aber am Anfang wusste ich nicht, dass sie von deiner Mutter waren«, log ich.

Und dann sprudelten die Worte nur so aus mir heraus, und ich erzählte ihm, was ich gelesen hatte und dass seine Mutter seinen Vater und ihn so liebgehabt hatte und dass sie ihn schrecklich vermisst hatte, aber Angst vor Zasiok gehabt hatte, und während ich auf ihn einredete, dachte ich, auf diese Weise würde er vielleicht nicht merken, dass nicht nur ich die Hefte gelesen hatte, sondern ich sie auch Petra überlassen hatte.

Er reagierte nicht. Seine Augen standen voller Tränen, und plötzlich sah ich mich selbst von außen, wie ich pausenlos redete und redete und er verzagt vor mir stand wie ein verlassenes Kind. Ich umarmte ihn, drückte ihn an mich, so fest ich konnte, denn ich spürte, dass er sich auflösen würde, wenn ich ihn nicht mit meinen Armen zusammenhielt.

Er ließ sich einen Moment umarmen, dann wehrte er sich und machte sich mit einem Ruck los.

»Woher wusstest du, dass sie von meiner Mutter sind?«, fragte er, als hätte er nicht gehört, was ich gerade zu ihm gesagt hatte.

Ich hatte nicht den Mut, ihn noch einmal anzulügen. Da erzählte ich ihm, dass Saqui angefangen hatte, mir die Geschichte seiner Eltern zu erzählen, sich dann aber schlecht gefühlt hatte, weil sie fand, er müsse sie mir selbst erzählen.

»Aber du bist weggefahren, bevor ich dazu kam, dich zu fragen, und als ich die Hefte unter dem Bett fand, habe ich nur darin geblättert.« Ich unterbrach mich.

Plötzlich spürte ich überdeutlich, dass das einer

dieser Momente war, in denen ich kein bisschen lügen durfte. Es war sehr wichtig, dass ich die Wahrheit sagte, denn Tharo stand nackt vor mir, und ich hatte nicht das Recht, mich zu verbergen. Deshalb erzählte ich ihm, dass ich mir selbst begegnet war, sobald ich das erste Heft aufgeschlagen hatte. Ich weiß nicht mehr, welche Worte ich benutzte. Es war mir schwergefallen, ihm nicht von Pablo zu erzählen, und vermutlich hätte ich es früher oder später sowieso getan, aber obwohl ich alles nur ganz oberflächlich zusammenfasste, wusste ich, dass ich eine Tür öffnete. Jetzt gab es kein Zurück mehr.

»Ich muss eine Weile allein sein«, sagte er, als ich zu Ende gesprochen hatte.

Und ging zum See, um am Ufer entlangzulaufen.

21

Petra und ich blieben, wo wir waren, und sahen ihm nach. Wir standen da und beobachteten, wie er hinter der Biegung verschwand.

»Wir lassen es lieber.« Das sagte ich, weil ich eigentlich vorgehabt hatte, mich wieder ins Zelt zu setzen und weiterzulesen, und jetzt merkte, dass wir das nicht tun durften.

»In meinem Heft passieren ganz komische Sachen«, erwiderte Petra. »Da ist ein Typ namens Hugo Chihuahua, der kreuzt ständig im Haus und im Dorf auf, um mit Zasiok zu reden, und das macht Zasiok total nervös. Und Bettina versteht nicht, warum ihn das so nervös macht.«

Petra ging wieder ins Zelt, und ich setzte mich auf einen Baumstamm an unserer Feuerstelle. Ich versuchte mir vorzustellen, was Tharo in diesem Moment fühlte, es gelang mir aber nicht. Ob er mir böse war? Ich versetzte mich in seine Lage, konnte mich aber nicht entscheiden. Wären es *seine* Hefte gewesen, hätte ich es verstanden, wenn er nie wieder mit mir geredet hätte, aber so … So hatte ich einen Fehler gemacht, keine Frage. Wenn er mir böse war, würde ich das akzeptieren müssen. Aber ich hatte es ohne Absicht getan, er musste mich verstehen.

Nach einer gefühlten Ewigkeit kam er endlich zurück.

»Ich will sie lesen«, sagte er.

Petra steckte den Kopf durch den Zelteingang. »Willst du dich ins Zelt setzen oder soll ich da draußen Feuer machen?«

»Ich will lieber ins Zelt«, antwortete er.

Petra kam heraus. Ich wusste, wie gern sie weitergelesen hätte, und bewunderte sie. Ich las auch nicht weiter und gab Tharo das Heft, das ich in der Hand hatte, bevor ich mich ihm gegenübersetzte. Das Licht im Zelt war grünlich, als säßen wir auf dem Grund des Sees. Tharo las schnell. Ich weiß nicht, wie viel Zeit verging, bis er den Blick hob und mir voller Verzweiflung in die Augen sah.

»Warum hat sie mir nichts erzählt?«, fragte er.

»Weil du noch so jung warst.«

»Warum hat sie mich nicht zurückgeholt, statt mich in Córdoba in diesem beschissenen Internat zu lassen? Ich hätte ihr beistehen können.«

»Ich glaube, sie wollte dich schützen«, sagte ich.

Während er las, machte ich mich daran, im anderen Heft einen Absatz zu suchen, an den ich mich erinnert hatte und der in gewisser Weise seine Frage beantwortete.

2/12

Stephan ist für zwei Tage nach Chiloé gefahren. Wenn er nicht da ist, kann ich schlafen, durch den Wald laufen, mit Quintún ausreiten, mich mit Saqui unterhalten und über Lorenzo sprechen, so viel ich will, ohne Angst, dass Stephan die Küche betritt und mich beim Weinen ertappt. Sobald er da ist, muss ich so tun, als wäre alles gut. Wenn ich Saquis Rat befolgen und Tharo zu mir holen würde, könnte ich dieses Theater nicht durchhalten. Jedes Mal, wenn Tharo mich ansähe, wäre es, als würde Lorenzo mich ansehen. Wie könnte ich ihm erklären, warum ich mit einem Mann zusammen bin, den ich nicht liebe, den ich aber nicht verlassen kann? Ich weiß nicht, warum, aber ich kann es einfach nicht. Ich glaube, ich habe noch mehr Angst davor, allein zu sein, als bei ihm zu sein. Und gleichzeitig male ich mir aus, wie ich von ihm verlassen werde, und wenn ich daran denke, dass das passieren könnte, bin ich erleichtert. Ich bin wie eine Fliege, die in seinem Spinnennetz gefangen ist.

»Hör mal, was ich hier gelesen habe«, sagte ich.

Tharo saß schweigend da, während ich ihm den Tagebucheintrag vorlas.

Es war unmöglich zu wissen, was er dachte. Noch nie war sein Schweigen so schwer für mich zu ertragen gewesen.

»Ich verstehe einfach nicht, warum sie mir nichts erzählt hat«, sagte er noch einmal.

Das sagte er an diesem Vormittag noch viele Male. Bevor er in jenem Sommer zum Dorffest aus Córdoba zurückgekommen war, hatte seine Mutter die Tagebücher geschrieben, weil sie krank war.

»Irgendetwas hat sie sehr belastet. Als ich ankam, war äußerlich alles in Ordnung, sie war noch nicht abgemagert, es war Sommer, und im Sommer sah sie immer wunderschön aus. Nur ihre Augen waren anders. Irgendetwas stimmte nicht, und es war nur an den Augen zu erkennen. Und ihre Hände waren eiskalt. Ich mochte es nicht, wenn sie mich anfasste, weil sich ihre Kälte dann auf mich übertrug. Ich zog mich zurück. Ich hielt es bei ihr und Zasiok im Haus nicht aus. Vor allem nicht bei ihr. Ich machte mich nach Chile auf, um mehrere neue Pferde abzuholen, und blieb länger in den Bergen, als nötig gewesen wäre. Als ich zurückkam, war schon deutlich zu sehen, dass sie nicht gesund war. Aber auch da verlor sie kein Wort über ihre Krankheit. Sie hat nie darüber gesprochen.«

Der letzte Eintrag in Bettinas Heften datierte kurz vor jenem Sommer. An den Seitenrand hatte sie in großen, sorgfältigen, ein wenig nach rechts geneigten Buchstaben »November« geschrieben. Ich stellte mir vor, wie sie, über das Heft gebeugt, das Wort ganz langsam schrieb. Ohne genaues Datum. Darunter stand: »Ich bin krank«. Dann folgten nur noch weiße Seiten, als wäre das leere Heft ein einziger riesiger Raum.

22

Den restlichen Tag über redeten wir fast nicht. Tharo ging mehrmals ans Seeufer, um Steine übers Wasser hüpfen zu lassen, immer weiter weg, als könnte er, wenn er es nur lange genug machte, sie irgendwann zum Fliegen bringen.

Gegen Abend, als es kühler zu werden begann, ging er. Wenn er mich darum gebeten hätte, wäre ich mitgekommen. Mein Gefühl sagte mir, dass er jetzt besser nicht allein sein sollte, aber er sagte nichts, bevor er davonging. Er drehte sich auch nicht noch einmal um. Anstatt den Weg am Fluss entlang zu nehmen, ging er am Seeufer davon, die Hefte unter dem Arm. Ich stellte mir vor, ich würde zu ihm laufen und ihm den Arm über die Schultern legen, ich würde zu ihm laufen und seine Hand nehmen, ich würde zu ihm laufen und schweigend neben ihm hergehen, doch ich blieb, wo ich war, und sah ihm nach, als würde ich genau in diesem Moment begreifen, dass man Dinge entweder auf einfache und direkte oder auf komplizierte Weise tun konnte, dass es einen entscheidenden Unterschied machte, ob ich mich in Bewegung setzte oder nicht, und dass ich dabei war, den längeren, schwierigeren Weg zu wählen. Aber ich konnte mich nicht dazu überwinden, weil ich Angst hatte, von ihm zurückgewiesen zu werden.

Bevor die Sonne hinter den Bergen unterging, kamen Maite und Lucía mit der Nachricht zurück, dass Zasiok uns zum Essen in ein Restaurant im Dorf einlud, das nur selten öffnete und wo es, wie er sagte, das beste Essen südlich vom Río Colorado gab. Diesmal war Maite die Einzige, die Lust hatte hinzugehen. Lucía sagte, Stephan hätte ihnen so viel zu essen aufgetischt, dass sie sich wie eine gestopfte Weihnachtsgans vorkam. Aber Maite wollte nicht ohne uns gehen.

»Wenn wir allein sind, macht Stephan mich ein bisschen nervös«, sagte sie.

Petra rümpfte die Nase, sagte aber nichts. Zasiok wartete im Pick-up. Maite und Lucía gingen hin, um ihm zu sagen, dass sie hierblieben, und wir hörten ihn davonfahren. Aber die beiden kamen nicht zurück.

»Der versucht uns total von sich abhängig zu machen«, sagte Petra, während sie das Feuer anfachte.

Ich hatte keine Lust zu reden. Ich dachte an Tharo, stellte mir vor, wie ihn das, was er gelesen hatte, verfolgte, wie er voller Fragen war, die ihm niemand beantworten konnte. Er hatte gesagt, er wolle seiner Großmutter die Tagebücher nicht vorlesen. Aber wenn er nicht mit ihr darüber redete, bei wem konnte er dann Trost finden?

Die Antwort gab mir Saqui. Den ganzen nächsten Vormittag wartete ich vergeblich, dass Tharo auftauchen würde. Ich konnte an nichts anderes denken. Nachdem ich zu Mittag klebrigen Reis gegessen hatte, den Lucía zubereitet hatte, ging ich am Fluss entlang zu Saqui.

Ich traf sie an, wie sie ganz aufrecht auf einem Hocker saß, die Hände im Schoß, den Blick auf den Wald gerichtet.

»Tharo ist früh aus dem Haus gegangen«, sagte sie, als ich bei ihr war. Ich hatte sie nichts gefragt, und die Beschämung darüber, dass sie erraten hatte, weshalb ich gekommen war, muss mir anzusehen gewesen sein. »Er ist bestimmt bei den Pferden. Zu denen geht er immer, wenn er niedergeschlagen ist.«

Sie sah mich auf eine seltsame Weise an, die auf mich sehr konzentriert wirkte. Ich hatte das eigenartige Gefühl, mich selbst aufzulösen und sie würde mich so ansehen, um mir wieder klare Konturen zu geben.

»Du könntest zu ihm gehen«, sagte sie.

Ich wollte gerade einwenden, dass ich mich in den Bergen nicht auskannte, dass ich keinen blassen Schimmer hatte, wie ich da hinkommen sollte, da stieß sie ein ganz bestimmtes Lachen aus, das kein richtiges Lachen war, sondern ein Glucksen wie das von Quintún.

»Wenn du ihn finden willst, wirst du dich nicht verlaufen«, sprach sie weiter und deutete auf den Wald. »Da neben dem Ginster fängt der Weg an.«

Ich wusste nicht einmal, welches der Ginster war.

23

Ich war noch nicht weit gegangen, da fiel mir ein, wie ich mich an dem Tag, als ich Tharo zum ersten Mal sah, im Wald verirrt hatte. Wie konnte ich bloß das Risiko eingehen, mich wieder zu verlaufen? Allein schon die Vorstellung, orientierungslos durch unbekanntes Gelände zu irren, erfüllte mich mit Angst. Der Pfad, der neben dem Ginster anfing, war mir ganz eindeutig vorgekommen, aber je länger ich weiterging, desto öfter musste ich über Steine klettern, und der Pfad verschwand oder wurde so schmal und undeutlich, dass ich Zweifel bekam. Bei einer dieser Anwandlungen, die ich manchmal habe und bei denen ein Teil von mir eine Meinung über einen anderen Teil äußert, als wären wir nicht dieselbe Person, sagte ich mir: Was ich gerade tat, war, einem Mann nachzulaufen, und wenn ich das tat, würde das, was ich von Tharo wollte – wollte ich etwas von Tharo? –, genauso enden wie meine Beziehung mit Pablo. Männer sind Jäger, sagte meine Mutter immer, Männer mögen keine Mädchen, die es ihnen leichtmachen. Ich mache es ihm nicht leicht, ich mache es ihm nicht leicht, sagte ich mir wieder und wieder.

Aber aus Tharos Perspektive betrachtet, hatte meine Mutter vielleicht recht. Ich würde da oben völlig überraschend auftauchen (vorausgesetzt, ich verlief mich nicht), es war nicht so, als würde ich einen Spaziergang durch die Berge machen und *Oh! So ein Zufall, du hier*. Tharo und ich kannten uns kaum. Wir kannten uns eigentlich gar nicht, aber ich hatte die Tagebücher seiner Mutter gelesen und an Familiengeheimnisse gerührt, und jetzt, wo er allein sein wollte, rannte ich hinter ihm her. Unzählige Male war ich kurz davor, umzukehren. Später sagte ich mir natürlich, gerade als ich mich dazu durchgerungen hatte, hätte ich die Schreie gehört.

Es waren laute Schreie in einer Sprache, die ich nicht verstand, voller J und L und Ch. Als ich näher kam, konnte ich nicht anders, als mich zu verstecken. Ich schlich mich an, bis ich Tharo sehen konnte, und drückte mich hinter einen Strauch. Von dort aus beobachtete ich ihn heimlich. Falls ich ein schlechtes Gewissen dabei hatte, kümmerte ich mich nicht darum, denn was ich sah, war zu außergewöhnlich, um auf die Stimmen in mir zu achten, die fortwährend damit beschäftigt waren, mich zu kritisieren. Tharo war umringt von Pferden und lief schreiend zwischen ihnen herum. Manchmal waren seine Beine zwischen den Beinen der Pferde zu sehen. Nackt. Tharo war nackt. Er rannte nackt zwischen den Pferden hindurch und stieß dabei Schreie aus. Die Pferde liefen auch herum, manche trabten, und er rannte hinter ihnen her. Wenn er dicht an einem Pferd war, blieb er urplötzlich stehen, stützte seine Hände auf die Kruppe und sprang darüber, als wäre es eins dieser Turngeräte: Er stieß sich mit den Armen hoch, wirbelte die Beine über dem Hinterteil des Pferdes durch die Luft, landete schwerelos auf der anderen Seite und rannte sofort weiter. Ich war peinlich berührt und zwang mich, den Blick von seinem Geschlecht abzuwenden. Sein nackter Körper war schön. Aber diese Schönheit hatte nichts mit seinem Hintern, seinen muskulösen Beinen und dem starken Rücken zu tun. Seine Schönheit hing mit seiner Vitalität zusammen. Ihn zu beobachten hieß, das Leben selbst zu beobachten. Da begriff ich zum ersten Mal, dass das Leben ein Wunder war, dass unser Körper ein Wunder war. Und was Tharo da machte, war der Beweis für dieses Wunder.

Ich weiß nicht, wie lange das noch so ging. Tharo rannte und sprang weiter, stieß Schreie aus, schwang sich über Pferderücken und schien noch lange nicht aufhören zu wollen, als wäre seine Energie unerschöpflich.

Später wunderte ich mich, dass ich keine Sekunde lang gedacht hatte, er hätte den Verstand verloren. Ich kam nicht mal auf die Idee. Was auch immer Tharo da machte, war so notwendig, stand so außer Frage wie die Felsen, auf denen wir uns befanden.

Plötzlich, mit einem letzten Schrei, der an den Abhängen widerhallte, kam Tharo zwischen den Pferden hervorgelaufen und ließ sich mit ausgebreiteten Armen auf den Boden fallen, das Gesicht im trockenen, spärlichen Gras vergraben. Er befand sich ganz nah an meinem Versteck, und nun überfiel mich die Beschämung darüber, dass er nackt war, ohne zu wissen, dass ich ihn sehen konnte. Er hob den Kopf und blickte in meine Richtung. Seine Stute war nähergekommen und sah mit gespitzten Ohren ebenfalls in meine Richtung.

»Was ist, Ainara?«, fragte er.

Da richtete ich mich auf, drehte mich um und lief davon, ohne noch einmal zurückzuschauen.

24

Ich erreichte unser Lager, als Petra gerade den Wagen parkte und dabei um ein Haar eine Scheinbuche gerammt hätte. Sie sprang heraus, und während sie auf mich zurannte, wedelte sie mit einer Zeitung und deutete auf etwas.

»Sieh mal, sieh mal!«, schrie sie, obwohl ich natürlich nichts sehen konnte, bevor sie bei mir war.

Auf der ersten Seite der Lokalzeitung prangte die Schlagzeile »Ex-Polizist erschlagen aufgefunden«, darunter ein Foto des Mannes, den wir mit Zasiok im Dorf hatten sprechen sehen.

Unter dem Foto stand ein Abschnitt in fett gedruckten Buchstaben: »Der Leichnam wurde von einem Neffen im Hinterhof seines Hauses in einer Blutlache gefunden. Im Haus selbst herrschte Chaos, und sämtliche Schubladen waren durchwühlt.« Petra las immer schneller weiter. »Gestern Abend gegen 23 Uhr wurde der Ex-Polizist Hugo Estévez (53) in seinem Haus im Viertel ›Las Calandrias‹ tot aufgefunden. Nach Angaben der

Polizei gegenüber dieser Zeitung muss er wenige Stunden zuvor ermordet worden sein. Bis gestern Abend gab es in dieser Angelegenheit keine Festnahmen. Der Inhaber der benachbarten Gemüsehandlung, Mario G., teilte dieser Zeitung mit: ›Wir Nachbarn kannten ihn als Hugo Chihuahua. Er war ein sehr verschlossener, wortkarger Mensch, aber wir haben ihn gemocht.‹ Laut Aussagen des Neffen auf dem Polizeirevier wollten beide zu einer Geschäftsreise nach Chile aufbrechen und hatten gestern Mittag Vorbereitungen getroffen. Estévez war nicht verheiratet und hatte keine Kinder. Seine ehemaligen Kollegen erklärten, dass sie die Mörder suchen werden.«

»Zasiok hat ihn umgebracht«, sagte Petra.

»Woher willst du das wissen?«

»Ich weiß es eben.« Petra klopfte sich an die Brust.

»Aber du hast keine Beweise.«

»Brauche ich nicht.«

Das war absurd, und das wusste sie auch. Aber es schien nicht ausgeschlossen, dass Zasiok einen Menschen umbringen könnte.

»Du bist völlig durchgeknallt«, sagte Maite, als sie hörte, wie Petra Lucía von ihrer Eingebung erzählte. »Durchgeknallt und krankhaft neidisch, weil ich einen Mann habe, der sich um mich bemüht, und du nicht.«

Petras verächtlicher Blick schien ihr nichts auszumachen.

»Du bist einfach frustriert«, sagte Maite.

Ich dachte, Petra würde ihr ins Gesicht springen, stattdessen lachte sie.

»Weder das eine noch das andere, Maite.« Und an Lucía gewandt: »Bitte geh nicht mit.«

»Musstest du so eine Geschichte auftischen, um Lucía zu bitten, dass sie bei dir bleibt, anstatt mich zu begleiten?«, fragte Maite.

Ich wusste nicht, wovon sie redeten. Ich wusste nicht, dass Zasiok für einige Tage nach Chile reisen wollte, ihnen jedoch versprochen hatte, nach seiner Rückkehr noch einmal mit ihnen zur Schutzhütte zu fahren. Und Maite wollte Lucía überreden mitzukommen. Der Plan war, das Motorboot auf dem Anhänger mitzunehmen und auf dem See an der Hütte Wasserski zu fahren. Lucía hatte entdeckt, dass Wasserskifahren ihr Lieblingssport war; nach dem Eifer zu schließen, mit dem sie davon sprach, wie wichtig es war zu üben, schien sie mehr oder weniger entschlossen, Jugendmeisterin darin zu werden.

Die beiden redeten und diskutierten, Petra las

die Zeitungsmeldung noch einmal und schwor, Zasiok sei der Mörder von Hugo Chihuahua. Dabei stützte sie sich auf die paar Male, die sie die beiden zusammen gesehen hatte, und auf das Wenige, das wir in Bettinas Heften gelesen hatten, aber mir kam sie wie eine Schiffbrüchige vor, die sich verzweifelt an eine Holzplanke klammert. Ich beobachtete alle drei, als wären sie Darstellerinnen in einem Film, bei dem ich nicht mitspielen konnte. Was Tharo jetzt wohl über mich dachte? Ich hatte Angst, ihn auftauchen zu sehen. Was sollte ich ihm sagen? Wie ihm die Gründe erklären, weshalb ich vor ihm davongelaufen war, wenn ich sie nicht einmal selbst kannte? Zugleich wünschte ich mir nichts sehnlicher, als ihn wiederzusehen.

»Ah, Dal, für dich ist ein Brief gekommen«, sagte Petra plötzlich. Und zog aus ihrem Rucksack einen gefalteten Umschlag.

Von Pablo.

25

Warum entschied ich mich, mit Lucía und Maite zur Schutzhütte hinaufzufahren? Ich könnte die Schuld auf Pablos Brief schieben. Nachdem ich ihn gelesen hatte, war ich völlig davon besessen und fing an, ihm in Gedanken zu antworten, lauter Schwachsinn, imaginäre Gespräche, in denen er immer dasselbe sagte, dasselbe wie im Brief, und ich hielt ihm eine Fülle von Dingen vor, die ich ihm nie gesagt hatte. Oder nur in den anderen imaginären Gesprächen, die ich immer wieder mit ihm führte, denn nach dem ersten Monat absoluter Romantik gab es stets Gründe für solche Gespräche. Diesmal – vielleicht weil ich weit weg war, vielleicht weil ich andere Sachen erlebte – wurde mir allerdings klar, wie lächerlich das war, was ich da tat. Mit einem Mal wurde Pablo selbst zu einer imaginären Person für mich. Was er mir in dem Brief schrieb, war nicht anders als die Dinge, die er mir sonst auch gesagt hatte. Pablo hatte einen sechsten Sinn dafür, wann mein Geduldsfaden kurz vor dem Zerreißen war. Er zog und zerrte daran, und ich litt still vor mich hin, darauf bedacht, meine Opferrolle perfekt zu spielen, und wenn ich beschloss, mich daraus zu befreien, tat oder sagte er etwas oder schwor, jetzt hätte er es verstanden, jetzt hätte er – und das war das Beeindruckendste! – dieselben Dinge verstanden, über die ich nachgedacht hatte, ohne es ihm zu sagen, aber ganz allein und ohne meine Hilfe. Der Brief war eine Art Schuldeingeständnis wegen seiner Reise, weil er mich ausgeladen hatte, wegen des Fotos, und er beschwor, dass er mich liebte wie sonst niemanden auf der Welt, ich sei die Frau seines Lebens, und jetzt würde alles anders werden. Am Schluss fragte er mich, wie es mir gehe, und erlaubte sich einen Scherz: »Du wirst mir doch keine Hörner aufsetzen, oder?« Dazu ein ausgeschnittenes Foto von ihm, auf das er sich kleine Hörner an die Stirn gemalt hatte. Auf seiner Schulter, abgeschnitten vom übrigen Körper, eine Frauenhand. Wie dumm von ihm, diese Hand dort zu lassen, diese lackierten Fingernägel, diese Andeutung. Es wäre mir lieber gewesen, wenn er die Schulter und den Oberkörper weggeschnitten hätte, wenn er mir nur seinen Kopf mit den lächerlichen dazugemalten Hörnern geschickt hätte. Aber nicht nur, weil diese Hand für mich das, was er in seinen

Brief schrieb, zunichtemachte, sondern weil es mir plötzlich so vorkam, als läge sie absichtlich da. Genau das war das Spiel. Ja und gleichzeitig nein, ich bin da, aber doch nicht so ganz. Du bist einzigartig, aber oh, hier ist noch eine andere. Was sollte das? Wozu wollte er mich auffordern? Sei besser als sie? Ohne jede Möglichkeit, mit ihm zu sprechen, sagte ich in Gedanken diese Dinge und noch viele andere zu ihm, während ich in unserem Lager umherlief. Je nach Tageszeit sagte ich sie ihm in aller Ruhe wie eine Philosophiedozentin oder weinend und schreiend, aber immer dasselbe, wie bei einer Schallplatte mit einem Sprung. Duhastnämlichdiesduhastnämlichdasunddannhastdu. Und die andere Dal, die sich von mir loslöst, beobachtete mich dabei und schnalzte missbilligend mit der Zunge.

Ich befand mich am schönsten Ort der Welt, war aber gar nicht wirklich da. Ich war da, ohne anwesend zu sein. Mein Körper ging hierhin und dorthin, aß etwas, stand mit den Füßen im eiskalten Wasser und wusch das Geschirr ab, ging am Flussufer entlang, überquerte ihn auf den Steinen, betrachtete die Berge, die sich gegen den Abendhimmel abzeichneten, aber in meinem Kopf war ich in eine Gefängniszelle gesperrt, in der ich kaum

Luft bekam und mit meinem Freund diskutierte, der Tausende Kilometer entfernt war, in Begleitung einer Frauenhand, die ihm überallhin folgte.

Zwei Tage. Zwei Tage ohne Unterbrechung. Und Tharo kam nicht zurück. Am Abend des zweiten Tages begannen Maite und Lucía ihre Sachen für die Fahrt zur Schutzhütte zu packen. Da wurde ich von einer unglaublichen Müdigkeit überfallen. Ich wollte nicht mehr mit Pablo zusammensein. Ich wollte nicht mehr durchs Leben gehen wie eine Irre, die Selbstgespräche führt. Tharo würde nicht zurückkommen. Das Letzte, was er von mir gesehen hatte, war, wie ich in panischer Angst vor ihm floh. Was konnte er gedacht haben? Bestimmt nichts Gutes. Dann gab es für mich weder Tharo noch Pablo noch sonst jemanden. Das Beste würde sein, wenn ich lernte, allein zu sein. Ich konnte lernen, Wasserski zu fahren, ich musste die Gelegenheit nutzen, woanders zu sein, fern der Versuchung, zu Saqui zu gehen, Trost bei der Großmutter eines anderen zu suchen, die mich zwar liebevoll behandelt hatte, aber im Grunde eine Fremde war. Saqui war in Trauer, nicht verfügbar für eine verwöhnte Hauptstädterin, die nicht wusste, was sie vom Leben wollte.

Ich packte meine Sachen und fuhr mit.

26

Maite und Lucía stiegen ins Fahrerhaus. Ich wollte auf der Ladefläche sitzen. Zasiok versuchte mich zu überreden, zu ihnen nach vorn zu kommen.

»*Wir beide, trotz unsrer großen Liebe, wir müssen uns nun trennen*«, sang er, die Hand zu einem imaginären Mikrophon geballt.

Maite lachte, als hätte er den besten Witz der Welt gemacht, aber ich stieg trotzdem auf die Ladefläche. Der Pick-up fuhr auf einer unbefestigten Straße in die Berge hinauf. Er fuhr schnell, und mir wurde kalt. Ich hopste bei jeder Bodenwelle, drückte mich ans Fahrerhaus, um nicht umzukippen, aber es war anstrengend. Hinter uns verdeckte die Staubwolke, die wir aufwirbelten, die Piste, doch darüber, am Himmel, schien der Rauchfaden, der von Saquis Häuschen aufstieg, zu meinem Wegweiser zu werden. Ganz gleich, was mein Verstand sagte, mein ganzer Körper fühlte sich mit diesem Rauchfaden verbunden.

Nach einer langen Fahrt gelangten wir an einen See. Wenige Meter vom Ufer entfernt zeichnete sich die Schutzhütte aus Petras Erzählungen gegen die Berge ab. Es gab noch ein wenig Tageslicht, aber Zasiok zündete eine Gaslampe an. Mit hocherhobener Lampe ging er voraus und machte die Tür auf. In der Hütte standen die beiden Dreierstockbetten, die Petra mir beschrieben hatte, der schiefe Tisch, die blauen Hocker aus Bettinas Heft, und es roch nach Rauch und Kerosin.

Zasiok sagte, wir sollten das Essen auspacken, das er in einer riesigen Kühlbox mitgebracht hatte. Er setzte sich auf einen der Hocker und sah uns zu.

»Kann eine von euch kochen?«, fragte er nach langem Schweigen.

»Ich«, log Maite, fast bevor er den Satz zu Ende gesprochen hatte.

»So gefällt's mir, mein Schatz.«

Es war unangenehm, geradezu lästig, wie er da saß und uns zusah, wie er mit einer Stimme zu uns sprach, die mir plötzlich aufdringlich vorkam. Ich spürte seinen Blick auf meinem Körper.

Maite bereitete eine Polenta zu, die für mich ein klarer Beweis für ihre Lüge war: eine fade, steinharte Masse mit Tomatensoße aus der Dose. Wenigstens lobte Zasiok sie nicht dafür. Wir waren von einer Stille umzingelt, die auf die Stimmung drückte und mir zum ersten Mal unerträglich wurde. Maite redete pausenlos, als wollte sie das Unbehagen von uns Mädchen mit Belanglosigkeiten überdecken. Wie immer zweifelte ich an meinen Wahrnehmungen, eindeutig war nur, dass Zasiok möglichst schnell vom Tisch aufstehen und in die Nacht hinausgehen wollte. Die Polenta bot wirklich keinen Anlass zum Feiern, und niemand wollte zum Nachtisch Pfirsiche aus der Dose, aber trotz allem war Zasiok anzumerken, dass er es eilig hatte.

Bevor er hinausging, schnappte er sich eine Wolldecke, und kaum hatten wir uns ans Seeufer gesetzt, bot er uns an, sie mit ihm zu teilen. Lucía sagte, ihr wäre nicht kalt, und ich verkündete, ich würde ein Stück am Ufer entlanggehen.

»Mir ist auch nicht so kalt«, sagte Maite.

»Komm her, Schätzchen, in den Bergen kriecht einem die Feuchtigkeit bis in die Knochen«, gab Zasiok zurück.

Seine Stimme hatte etwas Eisiges, Messerscharfes.

»Verlauf dich nicht, Dal«, hörte ich ihn noch rufen.

Aber ich war bereits in die Dunkelheit abgetaucht.

Von weitem sah ich die anderen am Ende des Lichtkegels sitzen, der durch die offene Tür der Schutzhütte fiel. Zasiok und Maite bildeten einen Schemen und Lucía einen zweiten, zwei seltsame Steine am Ufer des Sees. Ich bereute es, mitgekommen zu sein. Ich wollte die Nacht nicht in einem Raum mit Zasiok verbringen, auch wenn dieser Raum ziemlich groß war und auch wenn er Schutzhütte genannt wurde. Es war mir schleierhaft, warum ich nicht früher daran gedacht hatte.

Als ich zurückkam, saßen sie noch am Ufer, und ich ging in die Hütte, um meinen Schlafsack zu holen.

»Ich werde draußen schlafen«, sagte ich. Und begann davonzugehen.

»Mach dich nicht lächerlich«, ertönte Zasioks Stimme hinter meinem Rücken. »Du frierst dich zu Tode. Komm zurück.«

Er war aufgestanden und kam auf mich zu. Ich erschrak. Ich fügte mich, weil ich Angst hatte, aber auch weil ich dachte, wenn ich mich nicht fügte, wäre das ein unverzeihliches schlechtes Benehmen. Die Angst, unhöflich zu sein, war stärker als der Impuls, das zu tun, was ich eigentlich wollte.

Später, als wir bereits in unseren Schlafsäcken lagen und er die Gaslaterne löschte, aber weiter umherlief, anstatt sich hinzulegen, bereute ich es zutiefst, nicht auf mein Gefühl gehört zu haben.

27

Gegen meinen Willen fielen mir die Augen zu. Es war spät, und der Tag war lang und anstrengend gewesen. Ich weiß nicht, wie lange ich geschlafen hatte, jedenfalls weckte mich ein Keuchen auf, das schwere Atmen von jemandem in der Dunkelheit. Es war schwierig zu sagen, wo es herkam, aber ich wusste instinktiv, dass es von Zasiok ausging. Seine Gegenwart schien den gesamten stockfinsteren Raum auszufüllen. Er machte irgendetwas, ich konnte Bewegungen hören, das Rascheln von Stoff, ein gedämpftes, rhythmisches Geräusch. Und dieses Keuchen, in das sich jetzt auch ein Stöhnen oder Wimmern mischte, das nicht nach Schmerz klang. Ich hörte, wie er von einem Hocker aufstand und durch den Raum ging. Maite – war es Maite? – stieß einen Klagelaut aus.

»Geh weg«, sagte sie mit schlaftrunkener Stimme. Es war etwas zu hören, das nach einer Rangelei klang, dazu ein dumpfer Schlag mit der

Handfläche. »Lass mich in Ruhe, Stephan. Fass mich nicht an.«

»Mensch, bist du zimperlich!«

Offenbar stieß er mit dem Kopf gegen das Bett über ihrem, darauf folgte ein undeutlicher Fluch, den ich nicht verstand.

Es war schwer zu sagen, was Zasiok in der Dunkelheit machte. Er schien hin und her zu laufen. Seine Geräusche waren seltsam, als versuche er sie zu unterdrücken. Es war sein schweres Atmen, das alles beherrschte. Und diese gedämpften rhythmischen Geräusche.

Plötzlich wurde meine Matratze am Ende des Bettes von einem Gewicht nach unten gedrückt. Es musste sein Gewicht sein. Ich konnte nicht schreien. Ich spürte, wie er in der Dunkelheit herumtastete, bis er meinen Fuß fand. Über dem Schlafsack schloss er die Hand um meinen Knöchel und tastete sich höher, indem er meinen Körper betatschte. Da schrie ich.

Zasiok hielt mir den Mund zu.

»Was ist denn jetzt los?«, ertönte Lucías verschlafene Stimme.

Seine Hand presste gegen meinen Mund. Ich begann im Schlafsack zu strampeln. Ich strampelte und versuchte den Mund aufzumachen, um zu schreien, brachte aber nur ein Stöhnen zustande. Ich bekam keine Luft. Die Hand drückte fester gegen meinen Mund. Er tat mir weh.

Da flammte etwas auf, ein zweites Mal, dann ging die Gaslaterne an und beleuchtete den halbnackten Zasiok, der hastig zurücksprang. Er blieb vor mir stehen und starrte mich mit einer obszönen Mischung aus Verachtung und Verzweiflung an, die sich mit den schlimmsten Beschreibungen in Bettinas Tagebüchern deckte.

Sämtliche Male, die ich in meinem Leben geschwiegen hatte, schienen sich zu dem zu bündeln, was ich daraufhin tat. Später hätte ich schwören können, dass es dabei kein einziges Geräusch gab, als wäre es möglich, dass die Welt auf einen Schlag verstummt: weder meinen Schrei noch den von Zasiok, als ich mich auf ihn stürzte wie eine Wilde, weder den dumpfen Knall, als sein Kopf gegen die Tischkante schlug, noch das Geräusch der umkippenden Laterne.

Das Erste, was ich hörte, war Maites Stimme, die vor Schreck ganz spitz war.

»Ist er tot?«

Die Zeit kann sich sehr merkwürdig verhalten. Die Bilder brennen sich ins Gedächtnis, und man kann sie immer wieder abrufen, ohne die geringste Veränderung. Jedes Mal, wenn ich mich an diese Nacht erinnere, kehren sie auf dieselbe Weise zurück, mit der Exaktheit von fixen Ideen. Zasiok lag auf dem Boden, das Gesicht voller scharfer Schatten, der Mund zu einem unergründlichen Schlund aufgerissen. Die Haut seines Oberkörpers und seiner Schultern war ganz hell, fast rosa, ein wenig faltig, als wäre sie ihm zu groß, an den Armen zeichnete sich das T-Shirt ab, und ab einer bestimmten Stelle waren sie nach unten hin dunkler, von der Sonne verbrannt. Auch am Hals sah der helle Rand wie gezeichnet aus. Er trug eine alte Unterhose, deren Gummizug schon ausgeleiert war. Aus irgendeinem Grund fand ich dieses Detail besonders abstoßend. Sein Geschlecht, nun schlaff, hing aus dem Eingriff heraus. Ich wandte den Blick ab. Ich konnte mich nicht dazu überwinden, ihn anzufassen. Keine von uns dreien konnte sich dazu überwinden, ihn anzufassen. Niemand sagte etwas. Es war, als wäre die Welt plötzlich stehengeblieben. Die Erde drehte sich nicht mehr. Es erschien unmöglich, sie wieder in Gang zu bringen.

Erst mit Tharos und Petras Eintreffen drehte sie sich weiter. Noch immer habe ich das Gefühl, wenn sie nicht gekommen wären, hätten wir dort festgesteckt wie in einem für immer eingefrorenen Bild. Die Tür flog mit einem Schlag auf, und sie bleiben wie hypnotisiert auf der Schwelle stehen.

Irgendwann ging Petra zu Zasiok und fühlte seinen Puls, indem sie die Finger an seinen Hals legte wie in einem Film.

»Unkraut vergeht nicht«, sagte sie.

Tharos Blick war starr auf Zasiok gerichtet. Mir schien, dass er zitterte. Dass es vor Hass war, merkte ich erst nach einer Weile. Vor dieser Nacht hatte ich noch nie richtigen Hass erlebt. Ich hatte das Wort oft in den Mund genommen, aber das, was ich da sah, war etwas anderes. Es hatte eine unberechenbare Kraft. Niemand, der mit diesem Gefühl in Berührung kam, konnte so weiterleben wie vorher. Eine Ewigkeit später zog Tharo Stricke aus seinem Rucksack und band Zasiok Hände und Füße zusammen.

»Gehen wir«, sagte er.

Das schien uns aus der Erstarrung zu reißen, in die wir verfallen waren. Wir wankten hinter ihm aus der Hütte. Jenseits des Laternenscheins war nichts zu sehen. Nicht der See, nicht die Bäume und auch nicht die Berge. Sogar unsere Füße blieben im Finsteren, als Tharo die Laterne hob und uns ins Gesicht sah.

28

Tharo führte unseren Fußmarsch zu Petras Wagen an. Sie hatten ihn in einiger Entfernung abgestellt, um Zasiok nicht durch Motorgeräusche zu alarmieren. Am Rand des Laternenscheins, als würde uns das Licht weit genug voneinander entfernen, um über Dinge zu reden, die nichts mit uns zu tun hatten, erzählte Petra uns von dem Verdacht, den Tharo und sie seit der Lektüre der Tagebücher und dem Anblick der Szenen zwischen Zasiok und Hugo Chihuahua hatten, als wir noch nicht einmal den Namen des schmächtigen, nervösen Männleins gewusst hatten. Soweit sie es sich hatten zusammenreimen können, hatte Zasiok Tharos Vater umbringen lassen, um seine Mutter für sich haben zu können.

»Er hat Hugo Chihuahua damals dafür bezahlt, dass er es macht, und jetzt hat Chihuahua ihn erpresst«, sagte Petra. »Bettina hat im Tagebuch davon geschrieben. Erinnerst du dich an den Umschlag, den Zasiok Chihuahua in dem

Lokal gegeben hat? Weißt du noch? Gegenüber der Post?«

Natürlich erinnerte ich mich. Alles schien zu passen, aber gleichzeitig konnte ich nichts damit anfangen, wie bei einem Film, dessen Anfang man verpasst hat. Ich beeilte mich, Tharo einzuholen, und ging neben ihm. Ich hätte gern seine Hand genommen, begnügte mich aber damit, meinen Schritt seinem anzupassen und seine Wärme an meiner Seite zu spüren. Ich weiß nicht, ob irgendeiner von uns sich in diesem Moment fragte, warum wir nicht Zasioks Pick-up genommen hatten, aber auf diese Idee kam niemand, als wir die Schutzhütte verließen, und auch später nicht, als wir Petras Wagen erreichten und der Motor nicht anspringen wollte. Niemand schlug vor, zur Hütte zurückzugehen. Petra fluchte und trat gegen die Motorhaube, und sie und Tharo führten ein schwer verständliches Gespräch über einen Stein und ein Geräusch, das die Karosserie oder die Achse gemacht hatte. Ich wusste nicht, was sie meinten, fest stand nur, dass wir jetzt zu Fuß gehen mussten. Und dass es dunkel war und wir alle müde waren. Aber wir wollten um jeden Preis von dort weg. Wir ahnten nicht, dass wir die schwierigste Option gewählt hatten.

29

Nachdem wir schon eine ganze Weile schweigend gelaufen waren, begann Maite zu weinen. Zuerst war nur ihr abgehacktes Atmen zu hören, aber dann begann sie laut zu schluchzen.

»Wein doch nicht«, sagte Lucía.

Doch Maite weinte weiter. Lange Zeit begleitete dieses Geräusch unseren Fußmarsch. Das Schluchzen in der Nacht, unsere Schritte auf dem trockenen Gras, kein bisschen Wind, die Sterne weit weg und zugleich ganz nah. Wir gingen noch eine ganze Weile, bis ich irgendwann merkte, dass ich keinen einzigen Schritt mehr machen konnte, wenn ich mich nicht ausruhte. Meine Beine brannten. Ich wollte mich am liebsten auf den Boden legen und schlafen. Ich stützte die Hände auf den Knien ab und krümmte mich vor Erschöpfung.

Tharo beugte sich zu mir herunter.

»Dal, der Körper hat mehr als eine Energiequelle. Es ist, als würdest du die Kraft nur aus einer Quelle schöpfen, obwohl du noch andere hast«, sagte er.

Er ging vor mir in die Hocke und drückte mir die Hände auf die Füße. Das war ein ganz eigenartiger Moment. Durch meine Turnschuhe hindurch spürte ich deutlich, wie vom Boden ein Kribbeln aufstieg. War es möglich, dass die Energie der Erde nach oben wanderte und durch meine Füße in mich eindrang? Selbst die Geräusche des Tagesanbruchs, das Zwitschern der Vögel, die die Sonne begrüßten, das Säuseln des Windes in den Blättern, gaben mir Kraft.

»Wir müssen weiter«, sagte Tharo und ließ wieder los. Meine Müdigkeit war verflogen.

Es war der Ruf einer Eule zu hören, und als wäre das ein Zeichen gewesen, erlosch plötzlich die Laterne, die schon seit einiger Zeit geflackert hatte. Aber es war schon nicht mehr so dunkel. Der finsterste Teil der Nacht war überstanden.

Als die Sonne aufging, war alles mit Tau bedeckt und glitzerte, und die Berge zeichneten sich gegen einen blauen Himmel ab, der zunehmend heller wurde. Ich hörte unser Keuchen, das Knirschen unserer Schritte auf der Erde, ich sah Tharo vor mir regelrecht traben: Wir waren ein Rudel wilder Tiere, das seinen Platz suchte.

30

Im Dorf erwartete uns eine Überraschung. Vor dem Polizeirevier hatten sich viele Menschen versammelt. Ich erkannte den Bäcker und den Inhaber des Lebensmittelladens. Es gab auch mehrere Polizisten. Es war noch sehr früh, aber auf der Straße strömten immer mehr Leute zusammen.

Als sie uns kommen sahen, liefen sie auf uns zu.

»Da sind sie!«, schrie eine Frau.

Aus dem Polizeirevier kam Maites Vater auf uns zu, gefolgt von einem dicken Mann, der sich als der Kommissar herausstellte. Ich merkte nicht, wann genau Tharo sich verdrückte. Als ich ihn suchte, war er nicht mehr da. Danach kam ich in dem ganzen Trubel nicht mehr zur Besinnung.

Es waren verschiedene Gesprächsfetzen zu hören. Maites Vater hatte ein Privatflugzeug gechartert, Zasiok hatte sich ans falsche Mädchen rangemacht, Maites Vater hatte Beziehungen, ihm öffneten sich alle Türen, Zasiok hatte ein

Problem. Was machte dieser Mann eigentlich? Warum tat der Kommissar, was er sagte? Alle steuerten ihre Meinung bei. Aber wie hatte Maites Vater überhaupt von den Schwierigkeiten erfahren, in denen seine Tochter steckte? Klatsch und Tratsch verbreiten sich wie ein Lauffeuer, war einer der Lieblingssätze meines Vaters. Die Tatsache, dass Maites Vater wusste, was seine Tochter in eintausendachthundert Kilometer Entfernung machte, war ein triftiger Beweis dafür, dass Papas Satz stimmte.

Der Weg des Lauffeuers war leicht zurückzuverfolgen: Lucía hatte es Momo geschrieben, Momo war zu unseren Eltern gegangen, um ihnen zu sagen, dass er in den Süden fahren und Lucía abholen wollte, für den Fall, dass sie ihm etwas für uns mitgeben wollten, und nebenbei erzählte er, was Lucía ihm berichtet hatte. Maite mit einem Vierzigjährigen, der ihnen das Wasserskifahren beibrachte und sie durch die Gegend kutschierte. Meine Mutter konnte es nicht für sich behalten. Sie fand, wenn es umgekehrt gewesen wäre, wenn ich (nicht Lucía, sondern ich, das hat mich furchtbar aufgeregt) in Maites Situation gewesen wäre, hätte sie es gern erfahren. Deshalb rief sie am Tag nach dem Essen mit Momo Maites Mutter an.

Und Maites Mutter erzählte es Maites Vater. So einfach, so schnell.

Maites Vater war ein Mann, dem man nichts abschlagen konnte. Das war eindeutig. Er scheuchte uns ins Polizeirevier hinein, zwang den Kommissar, uns zu vernehmen, verlangte, dass Zasiok aus der Schutzhütte geholt wurde, und befahl uns, unsere Sachen zu packen und diesen Ort zu verlassen, an den er seine Tochter niemals hätte kommen lassen dürfen. Er wollte dafür sorgen, dass jemand Petras Wagen nach Buenos Aires fuhr, hatte bereits mit einem Dorfbewohner gesprochen, der bereit war, die Fahrt gegen ein kleines Entgelt zu übernehmen. Wir alle akzeptierten seine Anweisungen, als wäre er der Chef. Plötzlich schoss mir durch den Kopf, dass er Ähnlichkeit mit Zasiok hatte, und irgendwie leuchtete mir auf einmal auch Maites Selbstsicherheit ein. Für mich war es die Erklärung für ihre Art, ohne jede Rücksicht durchs Leben zu gehen. Sie dachte, die Macht ihres Vaters würde sie unverwundbar machen.

Irgendwann an diesem Vormittag wurde Zasiok gebracht. Ein Schaulustiger, der hinter mir stand, sagte etwas, das ich nicht richtig verstand, das mir aber nicht mehr aus dem Kopf ging.

»Sieh dir Zasiok an. Sobald die aus der Hauptstadt weg sind, muss jemand den Arsch für ihn hinhalten.«

Je weiter die Vorbereitungen zur Abreise unter dem Kommando von Maites Vater voranschritten, desto unerträglicher wurde meine Beklemmung. Ich ließ mich von den Ereignissen überrollen, und die Dinge fügten sich nicht zusammen. Ich wollte mich nicht von Tharo trennen und nach Buenos Aires zurückkehren, und mir war auch nicht klar, was mit Zasiok passieren würde. Was, wenn der Schaulustige recht hatte und sie ihn freiließen? Weder der Polizist, der uns vernommen hatte, noch der Kommissar schienen allzu alarmiert über das, was wir erzählt hatten. Beide betonten, wir seien freiwillig in die Schutzhütte mitgefahren, und fragten uns, ob Zasiok uns etwas getan hätte. Auf eine etwas nebulöse Weise beschämten sie mich, als hätten wir uns das, was uns zugestoßen war, selbst zuzuschreiben. Mir fiel es schwer, von der Szene in der Schutzhütte zu erzählen, angesichts der Fragen wusste ich nur, dass ich nicht in die Einzelheiten gehen wollte, dass ich nicht darüber sprechen wollte, was ich gesehen und empfunden hatte. Vor allem wollte ich es nicht dem Polizisten erzählen, der alles derart langsam in die Schreibmaschine tippte, dass mich auch das beschämte, als wäre ich daran ebenfalls schuld. Was die Sache mit Lorenzo betraf, so hatte Tharo keine Beweise, dass Zasiok seinen Vater hatte umbringen lassen, und erst recht nicht, dass er etwas mit Hugo Chihuahuas Tod zu tun hatte. Die Tagebücher seiner Mutter würden schwerlich als Beweis ausreichen. Die Dinge hatten Dimensionen, denen ich mich nicht gewachsen fühlte.

Den restlichen Vormittag lief ich herum wie eine Schlafwandlerin. Zuerst dachte ich, es wäre die Müdigkeit, aber mit der Zeit merkte ich, dass es mehr war als das. Ich verlor aus den Augen, was ich selbst wollte. Maites Vater unterschrieb Strafanzeigen und redete mit Gott und der heiligen Jungfrau. Geplant war, unsere Sachen in ein kleines Hotel zu bringen und am nächsten Tag zum Flughafen von Bariloche zu fahren, wo wieder ein Flugzeug auf uns warten würde. Ich stopfte alles, was noch herumlag, achtlos in den Kofferraum. Mein ganzer Körper tat mir weh. Ich war so müde, dass mir die Augen zufielen. Die Ereignisse waren wie eine riesige Welle, die mich mit sich riss, ohne mir Zeit zum Nachdenken zu geben. Um mich von Tharo zu verabschieden, musste ich mich richtiggehend loseisen.

31

Ich ging am Flussufer entlang bis zu den Feuersträuchern. Es hing ein besonderes Aroma in der Luft, und das Plätschern des Wassers zwischen den Steinen holte mich aus der Stumpfsinnigkeit, in die ich verfallen war. Ich wollte nicht abreisen. Es war, als hätte ich Stunden in Trance verbracht, von fremden Interessen gesteuert, und würde mir plötzlich wieder selbst begegnen. Jetzt abzureisen wäre völlig abwegig, überhaupt nicht in meinem Sinn. Ich wollte nicht nach Buenos Aires zurückkehren. Dort hatte ich nichts zu tun. Mein Platz war jetzt hier, an diesem Ort. Und bei Tharo. Das letzte Stück Weg legte ich im Dauerlauf zurück und stellte mir dabei vor, wie ich Tharo umarmen würde. Alle meine Zweifel waren verflogen. Weder Pablo noch mein Leben in Buenos Aires noch die Pläne, die ich gehabt hatte, bevor ich Tharo kennenlernte, hatten die geringste Bedeutung. Ich wollte bei ihm sein und überlegte nicht einmal, wie ich das anstellen wollte. Das Einzige, was jetzt zählte, war, es ihm zu sagen. In meiner Vorstellung umarmte er mich. Er hatte mit unendlicher Geduld darauf gewartet, dass ich verstehen würde, und endlich hatte ich verstanden. Während ich rannte, öffnete sich mein Herz mehr und mehr der Gewissheit. Nie in meinem ganzen Leben war ich mir einer Sache so sicher gewesen.

Ich hörte Ainara galoppieren, bevor ich Tharo sah. Sie kamen aus dem Wald und blieben vor mir auf dem Weg stehen. Tharo saß nicht ab, sondern sah mich von da oben mit einem Gesichtsausdruck an, den ich nicht an ihm kannte. Ainara tänzelte nervös herum, da bekam ich wieder Angst und wich zu den Bäumen zurück.

Die Stimme, mit der Tharo mich ansprach, bewirkte, dass mein Herz sich schlagartig verschloss.

»Was machst du denn hier?«, fragte er. »Wollt ihr nicht wegfahren?«

Bevor ich ihn fragen konnte, warum er so mit mir redete, hatte ich mich innerlich schon von ihm entfernt. Die Gefühle, die ich vor einer Minute gehabt hatte, waren wie weggeblasen. Wir waren uns fremd. Hoch über mir saß ein Junge auf einem Pferd, den ich erst viel zu kurz kannte. Wenn man Schutzmechanismen hören könnte, wären meine wie ein mittelalterliches Eisentor gewesen, das urplötzlich laut scheppernd zufiel.

»Ich bin gekommen, um mich zu verabschieden«, hörte ich mich sagen.

»Klar.«

Klar? War es das, was er mir sagen wollte? Machte es ihm nicht einmal etwas aus? Wollte er mich nicht bitten, hierzubleiben? Würde er nicht vom Pferd steigen? Würde er mich nicht umarmen?

»Zasiok ist auf der Polizeiwache und wird verhört«, sagte ich.

»Ja.«

Es war tatsächlich, als würde ich mit einem Unbekannten sprechen. Sogar seine Stimme war anders. Ich fühlte mich nackt, wie ich hier unten winzig klein vor ihm stand, dem mächtigen Zentauren, der sich gleich aufbäumen und mich niederwerfen würde.

»Sie werden ihn nicht lange festhalten«, fügte er hinzu.

»Warum sagst du das?«

»Weil ich es weiß.«

»Und was hast du vor?«

»Weiß nicht. Mir wird schon was einfallen. Mach dir keine Gedanken.«

Obwohl ich seinen Zorn in den letzten Tagen bereits erlebt hatte, konnte ich mich nicht daran gewöhnen, ihn so zu sehen.

»Bist du wütend?«

»Warum sollte ich wütend sein? Ich habe nie gedacht, dass du hierbleiben würdest. Gute Reise«, sagte er und galoppierte davon.

32

Ich hatte nicht die Kraft, zu unserem Lager zurückzugehen, und setzte mich auf einen Stein am Flussufer. Was war bloß passiert? Es war mir völlig unverständlich. Ich schlang die Arme um die Knie und hätte am liebsten losgeheult.

»Was ist denn los?«, fragte Petra und setzte sich neben mich.

Ich wollte es ihr nicht erzählen. Ich wollte zurück in mein Zimmer in Buenos Aires, mich einschließen, nie mehr jemanden sehen. Diese Reise war der größte Fehler meines Lebens gewesen.

»Hast du dich von Tharo verabschiedet?«

Diese Frage ließ endlich meine Tränen fließen. Petra schnaubte verärgert. Wir blieben eine Weile stumm, aber mir war unbehaglich zumute. Ich wollte in Ruhe weinen, ohne dass sie mir zusah.

»Ich habe Lucía gesagt, was ich für sie empfinde«, erzählte Petra. »Jetzt muss ich warten, bis sie es verdaut hat. Vielleicht bleiben wir ja Freundinnen.«

Sie setzte sich neben mich auf den Stein, und wir verfielen wieder in Schweigen. Warme Tränen liefen mir übers Gesicht und tropften auf mein T-Shirt und meine Hose.

»Es hat mir gut getan, es ihr zu sagen«, sprach Petra weiter. »Ich hab es gemacht, obwohl ich wusste, dass sie nicht dasselbe für mich empfindet wie ich für sie. Das ist offensichtlich, oder? Aber meine Gefühle gehören nicht nur mir, sondern auch ihr. Hast du Tharo gesagt, was du für ihn empfindest?«

»Das weiß er.«

»Wer sagt dir, dass er es weiß?«

Da erzählte ich ihr, wie er mit mir geredet hatte, wie er mich von oben herab behandelt hatte.

»Ich dachte, ich würde ihn kennen, aber ich habe gemerkt, dass es nicht so ist.«

»Du hast ihn gekannt, bevor er Angst bekommen hat«, erwiderte Petra. »Bevor er wusste, dass Zasiok seinen Vater umgebracht hat. Bevor er daran gedacht hat, dass du irgendwann wieder fortgehen würdest. Es ist viel passiert, Dal. Man muss ihm Zeit lassen. Du kannst nicht verlangen, dass er weiterhin ganz offen und gefühlvoll ist, während du dich von ihm abwendest.«

»Ich bin zu ihm gegangen, um ihm zu sagen, dass ich nicht fortgehen will.«

»Und hast du es ihm gesagt?«

Nein. Ich hatte es ihm nicht gesagt, und jetzt wollte ich es ihm gar nicht mehr sagen.

»Nein.«

»Aha«, meinte Petra.

Das Plätschern des Wassers und das Rauschen des Windes in den Baumwipfeln schien alles auszufüllen. Man sagt, ein Geräusch durchbricht die Stille, aber während ich da saß, hörte ich die Stille hinter den Geräuschen. Hinter allem ist immer Stille. Als wäre sie ein Raum. Vielleicht ist die Angst auch immer da, lauert auf die erste Gelegenheit, uns zu sagen, dass wir das, was wir wollen, nicht verdient haben.

»Liebe, die man nicht zeigt, verwandelt sich in etwas anderes«, sagte Petra nach langem Schweigen.

Ich konnte mir nicht vorstellen, in was sie sich verwandeln sollte.

»Momo ist gekommen«, fügte Petra hinzu.

»Momo ist da?«

»Ja.« Petra hatte auch die Arme um die Beine geschlungen und das Kinn auf die Knie gelegt. »Er hat sein Motorrad mit dem Zug hergeschickt und hat das Flugzeug genommen. Lucía ist glücklich.« Mit einem tiefen Seufzer stand sie auf und streckte mir die Hand hin, um mir aufzuhelfen. »Er liebt sie wirklich. Und ich auch. Und jetzt gehst du zu Tharo und sagst ihm, was du für ihn empfindest.« Sie begleitete mich bis zu den Feuersträuchern, und ich spürte ihren Blick auf meinem Rücken, während ich davonging.

»Viel Glück, Dalila«, sagte sie noch, bevor ich zu weit weg war.

Zum ersten Mal kam mir mein vollständiger Name nicht wie der einer Verräterin vor.

33

Ich traf Tharo bei der Koppel an. Er stand mit dem Rücken zu mir am Tor, drinnen waren lauter Pferde. Neben Tharo stand Ainara und schien ihre Artgenossen zu beäugen. Ihr schwarzer Schwanz flog hin und her, und jedes Mal, wenn er ihre Flanke traf, stieg Staub auf. Tharo legte ihr einen Arm um den Hals.

Ich näherte mich von hinten.

Tharo wirbelte herum. »Hast du mich erschreckt!«

Bis zu diesem Tag schien er immer gewusst zu haben, was in mir vorging, und das Schweigen zwischen uns war unbekümmert gewesen, als hätten wir nicht einmal im Schweigen aufgehört, miteinander in Verbindung zu sein. Aber obwohl mir das Gespräch mit Petra Kraft verliehen hatte, fühlte ich mich jetzt unfähig, ihm mitzuteilen, wie es in mir aussah. Und er schien unfähig, mir zu helfen.

»Ich muss die Pferde freilassen. Geh am besten weiter weg«, sagte er.

Seine Stimme klang immer noch fremd. Er löste Ainaras Zügel und band sie an einen Baum, der ein ganzes Stück vom Koppeltor entfernt stand. Dabei redete er leise mit ihr, und in diesem Gemurmel erkannte ich die Stimme, die meine Liebe geweckt hatte. Ich dachte daran, wie er an dem Tag bei Saqui die Küchentür aufgemacht hatte und wir uns zum ersten Mal angesehen hatten, wie er mich am Fluss entlang zu unserem Lager zurückgeführt hatte, an die Male, als wir auf den Steinen gesessen und uns unterhalten hatten, wie er seine neue Stute, die ihm mittlerweile voller Vertrauen folgte und sich an einen Baum binden ließ, desensibilisiert hatte. Ich dachte an ihn und seinen Umgang mit Quintún, mit Tatiana, mit Saqui selbst. Wo war dieser Tharo? Die Stimme, mit der er jetzt zu seiner Ainara sprach, galt nicht mehr mir.

Er ging zur Koppel zurück und öffnete das Tor. Die Pferde drängten im Galopp heraus, schlugen mit den Hinterbeinen aus und schüttelten den Kopf, als wären sie vorher mit Stricken gefesselt gewesen, die wie durch Zauberhand abfielen, kaum dass sie das Tor passierten. Es war eine Freude, ihnen zuzusehen, und sogar von Tharo schien der Schatten zu weichen, der auf ihm lastete.

Vielleicht war es das Fünkchen Freude, das ich

in diesem Moment an ihm wahrnahm, oder meine eigene Freude, die mir die Zunge löste.

»Ich bin noch mal gekommen, um dir zu sagen, dass ich nicht fortgehen möchte«, erklärte ich.

Einen Moment lang schien es, als hätte er mich gar nicht gehört. Er hielt den Blick auf die Pferde gerichtet, die die Koppel verließen und davongaloppierten.

»Aber du gehst trotzdem fort«, erwiderte er.

»Ich bleibe hier. Ich werde den Februar hier verbringen. Dann sehe ich weiter, was ich mache.«

»Das werden sie nicht zulassen.«

»Kann ich näher bei euch am Haus zelten? Kann ich bei Saqui und dir wohnen?«

Er antwortete nicht. Der Galopp der Pferde wurde immer leiser. Warum fiel es mir so schwer, ihm zu sagen, was ich für ihn empfand? Meine Augen füllten sich mit Tränen, und ich wusste nicht einmal recht, warum. Denn Traurigkeit war es nicht. Es war etwas anderes. Etwas, das in mir aufbrach.

»Ich kann mir nicht vorstellen, morgens aufzustehen und zu wissen, dass ich dich nicht sehen werde. Ich kann mir mein Leben nicht ohne dich vorstellen.« Bei diesen Worten brach das Gefühl auf, das sich an dem Nachmittag, als wir Tatiana geholt hatten, in mein Herz geschlichen hatte. »Ich will bei dir sein.« Und nachdem es sich befreit hatte, tat es weh, als hätte ich gerade Schläge bekommen. »Ich mag die Person, die ich bin, wenn wir zusammen sind. Ich glaube, wenn du bei mir bist, komme ich mir selbst näher. Das klingt vielleicht seltsam, aber verstehst du, was ich meine?«

Da sah Tharo mich an. Es war, als würde er mich zum ersten Mal, seit ich zur Koppel gekommen war, als ganze Person mit dem Blick erfassen.

Er kam auf mich zu, ohne mich aus den Augen zu lassen, und als er vor mir stand, dicht vor mir, nahm er mein Gesicht zwischen die Hände. Er fuhr mir mit den Fingern durch die Haare und so, mit warmen Händen und weit geöffneten Fingern, streichelte er meinen Kopf. Er streichelte ihn mit einer dieser gemächlichen Berührungen, die ich Ainara gegenüber an ihm beobachtet hatte. Als er in meinem Nacken anlangte, presste er meine Haare zusammen. Seine Augen glitzerten. Und ganz langsam, als hätte er Angst, ich könnte davonlaufen, küsste er mich. Ich hatte nicht gewusst, dass ein Kuss so süß sein konnte. Sehr wohl wusste ich jedoch, dass diese Süße mir galt. So war es zwischen uns beiden, wenn wir keine Angst hatten. Das war es, was ich nicht vergessen durfte.

»Er hatte sich erhoben, und wir standen voreinander. Mir war, als würde ich mich nie wieder bewegen können, solange er da war. Wir sahen uns in die Augen, und zuerst verschwand sein Körper, dann sein Gesicht; es waren nur noch seine Augen da und öffneten sich mir zu einem grenzenlosen Raum. Später, ich weiß nicht, wie viel später, küssten wir uns.«

Eine bewegende, wunderschön erzählte Freundschafts- und Liebesgeschichte vor dem Hintergrund der aufkommenden Militärdiktatur in Argentinien.

Inés Garland
Wie ein unsichtbares Band
Aus dem argentinischen
Spanisch von Ilse Layer
256 Seiten, gebunden

fi 85489 / 2